我要学摄影

4 数码单反 摄影实战问答

〔日〕学习研究社 编　　郝洪芳 译

U0095324

如何巧用相机的各种功能？

不同主题有哪些拍摄技巧？

如何使用电脑整理照片？

初识数码单反的您或许会有这些疑问吧！

本书将为您一一解答！

让我们掌握摄影技巧，享受摄影乐趣！

Gakken　中国青年出版社　中国青年电子出版社
http://www.21books.com http://www.cgchina.com

中青雄狮

功能更强、效果更完美的机型

佳能 EOS 450D

上市时间/2008年　价格/开放式　镜头套装价格/开放式　配有变焦镜头EF-S18～55mm F3.5～5.6Ⅱ

内置闪光灯
有效范围为17mm以上的弹起式闪光灯。可以1/3档、1/2档进行正负两段闪光补偿。同步速度1/200秒以下。

遥控感应器

减轻红眼/自拍指示灯

电池仓
配有可拍摄约500张照片的锂电池（NB-2HL）。

闪光同步触点
可装EOS用EX系列外置闪光灯。

取景器目镜
取景器目镜的视野率为画面整体的95%，倍率约为0.8倍。取景器内配置呈菱形排列的9个四角形表示自动对焦点显示标志（对焦位置）。

显示屏关闭感应器

相机设置显示开启/关闭/信息/剪裁方向按钮

菜单按钮

佳能EF镜头卡口
可安装全世界累计产量达3000万款的EF镜头。镜头套装配有标准变焦镜头EF-S18～55mm F3.5～5.6ⅡUSM相当于28～88mm，双变焦镜头套装另外还有EF55～200mm F4.5～5.6Ⅱ相当于88～320mm镜头。

镜头释放按钮

景深预览按钮

快门按钮

主拨盘
设定光圈、快门速度、曝光补偿值等时使用。可以1/3档、1/2档进行数值设定。

电源指示灯

电源开关

模式转盘
除P（程序自动曝光）、Tv（快门优先自动曝光）、Av（光圈优先自动曝光）、M（手动曝光）、A-DEP（景深自动曝光）等半自动和全自动选择外，还有场景模式可供选择。

自动曝光锁/闪光曝光锁按钮/索引/缩小按钮

自动对焦点选择/放大按钮

光圈/曝光补偿按钮

白平衡调节/打印与共享按钮

存储卡插槽
打开盖后可看到可插入SD卡、SDHC的插槽。

液晶显示屏
3.0英寸大型液晶显示屏。新增显示屏关闭感应器，在眼睛靠近取景器目镜时自动关闭液晶显示屏。

删除按钮

设置按钮

十字键

回放按钮

■**主要参数**

有效像素数●1240万
镜头●佳能EF系列镜头
拍摄模式●P·A·S·M·场景模式
快门速度●1/4000秒～30秒·B门
等效感光度●ISO100～1600
液晶显示屏●3.0英寸，约23万像素数
存储卡●SD、SDHC
电源●专用锂离子可充电电池
外形尺寸●
122.8 mm×97.5mm×61.9 mm
重量（仅机身）●475g

机身率先带有防抖功能、易于掌握、使用灵活的高性能入门单反相机

索尼 α200

上市时间/2008年　价格/开放式　镜头套装价格/开放式　配有变焦镜头18~70mm F3.5~4.5

内置闪光灯
有效范围为18mm以上的弹起式闪光灯。可以1/3档进行正负两段闪光补偿。同步速度为1/160秒以下（使用防手抖功能时为1/125秒以下）。

自拍指示灯

景深预览按钮

电池仓
配有可拍摄约750张照片的锂电池（NP-FM500H）。

索尼α镜头卡口
α镜头卡口可装原美能达、原柯美的α镜头、索尼镜头以及卡尔·蔡司镜头。镜头套装配有标准变焦镜头DT17~70mm F3.6~4.5相当于27~105mm。双变焦镜头套装另外配有75~300mm F4.5~5.6相当于113~450mm镜头。

镜头释放按钮

对焦模式设置（切换）按钮

功能转盘
通过转盘和按键设置ISO感光度、白平衡、对焦（自动）模式、闪光灯、测光模式、动态范围等。

闪光同步触点
可装原柯美闪光灯，也可装EOS用EX系列外置闪光灯。

主拨盘
用于设定光圈、快门速度、曝光补偿值等，可以1/3档进行数值设定。

快门按钮

模式转盘
除AUTO（全自动）、P(程序自动曝光）、Tv（快门优先自动曝光）、Av（光圈优先自动曝光）、M（手动曝光）外，还有6种场景模式可供选择。

驱动模式选择按钮

取景器目镜
取景器目镜的视野率为画面整体的95%，倍率约为0.83倍。取景器内黑框表示对焦范围（光域对焦框、局域对焦框、对焦指示点）。

电源开关

菜单按钮

显示/屏幕亮度按钮

曝光补偿/缩小按钮

自动曝光锁/放大按钮

拍摄时：Fn（功能）按钮，观看时：■**（旋转）按钮**

数据处理指示灯

存储卡插槽
打开盖后可看到可插入CF卡、微型硬盘的插槽。使用随机附送的CF卡适配器还可使用Memory Stick Duo（记忆棒）。

遥控快门自拍装置

防手抖按钮

回放按钮

删除按钮

液晶显示屏
2.7英寸大型液晶显示屏。可以大字号显示光圈、快门速度、曝光补偿等设定值。相机旋转90°后显示的信息也自动旋转90°。

■**主要参数**

有效像素数●1020万
镜头●索尼α镜头
拍摄模式●P·A·S·M·场景模式
快门速度●1/4000秒~30秒·B门
等效感光度●ISO100~3200
液晶显示屏●2.7英寸、约23万像素数
存储卡●CF、MD、MS Duo
电源●专用锂离子可充电电池
外形尺寸●
130.8 mm×98.5mm×71.3 mm
重量（仅机身）●532g

简单、好用，最适合入门的数码单反相机

尼康D60

上市时间/2006年　价格/开放式　镜头套装价格/开放式　配有变焦镜头18~55mm F3.5~5.6GⅡ

内置闪光灯
有效范围为18mm以下。当设置为自动、人像、儿童照、近摄、夜间人像模式时，自动闪光，同步速度为1/500秒以下。

自动对焦辅助照明灯

红外线接收器

电池仓
充电一次可拍摄470张照片，使用EN-EL9电池。

尼康F镜头卡口
进行AF摄影时，只能使用内置对焦马达的AF-S镜头和AF-I。

自拍指示灯

镜头释放标识

镜头释放按钮

USB接口
只需用附带的USB接线将照相机和电脑连接起来，就可实现照片的高速传送。

闪光同步触点
可直接安装尼康电子闪光灯SB-400、SB-800、SB-600。配有防止闪光灯脱落的安全锁。

快门按钮

拍摄信息按钮

曝光补偿按钮

电源开关

模式转盘
除AUTO、P、S、A、M和各种场景模式外，还有闪光灯关闭模式。

取景器目镜
可以从高性能而又简单的三种对焦区域中选择一个对焦。视野率为95%。

回放按钮

菜单按钮

缩小/缩略图（帮助）按钮

放大按钮（重设按钮）

屈光度调节控制器

AE-L/AF-L按钮

指令拨盘

光圈值/曝光补偿设定按钮

多重选择器

存储卡插槽
打开盖后可看到可插入SD卡的插槽。支持大容量的SDHC规格。

液晶显示屏
2.5英寸大型彩色液晶显示屏，可放大显示。从上下左右170°斜角也能看清显示屏。

存储卡存取指示灯

删除按钮

■**主要参数**
有效像素数●1020万
镜头●兼容G型或D型尼康镜头
拍摄模式●P·S·A·M·场景模式
快门速度●1/4000秒~30秒·B门
等效感光度●ISO200~1600
液晶显示屏●2.5英寸，约23万像素数
存储卡●SD、SDHC
电源●专用锂离子可充电电池
外形尺寸●
126mm×94mm×64mm
重量（仅机身）●471g

尼康D90

D80的高级版
有效像素数为1230万，名副其实地拥有中端单反相机所应具备的操作性、耐久性。
上市时间/2008年9月
价格/开放式

带有防抖功能的最强入门单反相机

宾得K200D

上市时间/2008年　价格/开放式　镜头套装价格/开放式　配有变焦镜头18~55mm F3.5~5.6

内置闪光灯
有自动弹出功能，并可与外置闪光灯联动。

电源开关

红外线接收器

镜头释放按钮

电池仓
锂电池或单三型电池，能够使用AC适配器的多种电源方式。

镜头卡口

肩带扣

宾得KAF镜头
采用传统的K系镜头。由于防抖功能藏于机内，因此无论什么镜头，只要能装上，使用时防抖功能都会自动启用。

对焦模式拨杆

AF连接器

镜头触点

模式转盘
除图片模式（6种）、场景模式（8种）外，还包括能够反映摄影者意图的摄影模式。

热靴

快门按钮

曝光补偿按钮

数码预览按钮
可在液晶显示屏上查看所拍照片，以确认模糊、曝光、白平衡效果等。

拍摄信息按钮

机顶LCD

取景器目镜
靠近眼睛处有视度调节装置，视野率为96%。

闪光灯弹出按钮

菜单按钮

删除按钮

数据处理指示灯

后转盘

AE-L按钮

十字键

存储卡插槽
打开盖后可看到可插入SD卡的插槽。

Fn按钮
能够迅速拨出经常使用的功能（如白平衡、驱动模式、闪光模式、感光度）防抖按钮。

防抖按钮

■**主要参数**
有效像素数●1020万
镜头●宾得KAF2、KAF、KA卡口镜头
拍摄模式●P、Tv、Av、M及各种场景模式
快门速度●1/4000秒~30秒・B门
等效感光度●ISO100~1600
液晶显示屏●2.7英寸・约23万像素数
存储卡● SD
电源●2节CR-V3锂电池或4节AA碱性电池
外形尺寸●
133.5 mm×95mm×74 mm
重量（仅机身）●630g

接口仓盖

液晶显示屏
2.7英寸大型显示屏，23万像素。从上下左右140°斜角也能看清显示屏。亮度可分为15档调节。

宾得K20D
带有除尘装置的1460万像素
单反相机
上市时间/2008年　价格/开放式

数码单反摄影实战问答

CONTENTS

第 1 章 数码单反完全使用篇

第 2 章 数码单反创作技巧篇

第3章 数码单反电脑操作篇

第4章 数码单反打印输出篇

CHAPTER

1

解决您的疑问！

先一起了解一下照相机、镜头的选购与使用方法！

数码单反
完全使用篇

解说／福田健太郎、山冈麻子

Q&A

Q 数码单反相机比普通数码相机好在何处？

Q 相同有效像素的数码单反相机与小型相机有何不同？

Q 选购数码单反相机时应该注意什么？

Q 摄影时应该备有哪些附件？

Q 拥有一款标准变焦镜头就可以吗？

Q 选择哪几款辅助镜头比较好？

Q 如何才能防抖？

Q 换镜头时需要注意什么？

Q 什么是像素和画质？

Q JPEG和RAW都是什么？各有什么特点？

Q 一张存储卡能存多少张照片？

Q 使用电池时一定要注意什么？

Q 使用数码单反相机时应该注意什么？

Q 旅行中拍摄的照片文件太多怎么办？

Q 出国旅游要注意什么？

Q 旅途中相机坏了怎么办？

Q 照相机的保养与保管有什么需要注意的？

Q 数码单反相机比普通数码相机好在何处？

A 镜头是数码单反的最大魅力

二者之间有许多不同，可以换不同规格的

根据拍摄目的选择各种镜头

看内部构造，了解单反由来

从这个透视图中可以看到，镜头后有个反光镜。光线透过镜头后就由这个反光镜反射到对焦屏。在拍摄时，反光镜会弹起，使光线投影到成像元件上。有这个构造的相机就叫"单镜头反光相机"，简称"单反相机"。

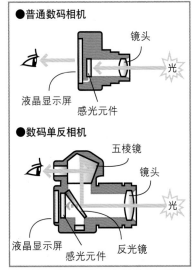

●普通数码相机

镜头
液晶显示屏
感光元件
光

●数码单反相机

五棱镜
镜头
液晶显示屏
感光元件
反光镜
光

数码单反相机带有光学取景器

虽然数码单反相机中也有通过背面的液晶屏来直接确认所拍内容的机型，但更多的机型是通过光学取景器来拍摄。可以说使用光学取景器是数码单反相机的基本拍摄方式。这种方式不仅能够保证拍摄姿势平稳，而且可以通过光学取景器直接确认画面，比通过液晶屏确认画面更容易对焦。

尽情享受选择镜头的乐趣

数码单反相机的镜头可以更换，可以根据拍摄的物体使用不同的镜头。普通数码相机没有的超广角镜头、远摄镜头、微距镜头、开放F值的明亮镜头等多种多样的镜头都可以安装在数码单反相机上使用。

可以透过数码单反的镜头直接确认画面

通过光学取景器查看画面时，在取景器中看到的画面并不是电子取景器截取的画面，而是由直接透过镜头并经反光镜和五棱镜反射的光线形成的。

普通的数码相机只能通过背面的液晶显示屏确认间接成像。

另外，数码单反相机能够更换镜头，因此可享受使用各种镜头的乐趣。根据不同的摄影方式更换各种镜头，是数码单反相机的一个优点。

除此之外，数码单反相机拍摄画质更好。在有效像素相同的情况下，普通数码相机的受光元件要比数码单反相机的小，尤其是在提高ISO感光度后画面易显杂乱。

数码单反相机的拍摄形式多样、操作自如

更利于抓拍高速运动的物体

数码单反相机AF的速度是普通数码相机无法比拟的。因此使用数码单反相机拍摄高速运动的物体是非常轻松自如的。

数码单反相机可增大背景虚化程度

想要拍摄背景虚化的照片时，使用单反相机的效果比普通数码相机好，更利于虚化背景，突出被摄体。

数码单反相机与高端的普通数码相机的相通之处

进行详细设置

用数码单反相机拍摄时，可以调节色调和明暗对比度，可以设定连拍功能、指令拨盘、曝光补偿段数等，充分利用这些设置，可以成为相机真正的主人，让其更好地为自己服务。

连拍功能

连续拍摄适度曝光值及其前后的功能是单反相机的基本功能之一。一部分高端的普通数码相机也有此功能，但效果远远不及单反相机。

手动对焦

如果进行微距拍摄，有时需要手动对焦。虽然有些高端的普通数码相机也可以手动对焦，但还是单反相机最适合。

用拍摄模式调节照片效果

可以使用光圈优先、快门优先等拍摄模式。利用这些功能，能够打开光圈虚化景物，控制快门速度拍出跳跃感等，呈现多种拍摄效果。

数码单反相机是拍摄个性十足、风格独特的作品的最佳选择

    普通数码相机适合什么都不想，只按快门的摄影方式适用于拍摄只有记录功能的非专业照片。数码单反相机则可将拍摄者带入主动思考并创造各种风格照片的拍摄世界。这时拍摄者不再被动，而是真正的创造者。

    普通的数码相机虽然也带有电子取景器、可以手动对焦的高端产品，但真正能够帮助拍摄者根据各种意图和需求进行多种详细设置的还是数码单反相机。

    数码单反相机的设计有利于轻松快速地进行曝光补偿等设置。拍摄者可通过各种设定，拍出最符合自己风格的个性照片，这恐怕是单反相机的最大魅力。

POINT

单反相机没有不足吗

数码单反相机比较大、比较重，而普通数码相机轻便小巧。另外，普通数码相机的价格更便宜。但近些年，市场上出现的初级入门数码单反相机也越来越轻巧，价格也便宜了许多，和普通数码相机的差距也越来越小了。

11

Q

A

数码单反相机与普通数码相机的区别 2

相同有效像素的数码单反相机与小型相机有何不同?

可拍摄出想要的理想照片

数码单反的虚化效果更好,可拍摄出想要的理想照片

数码单反能够拍出漂亮的虚化效果

小型数码相机与数码单反相机的虚化效果差距明显

分别用数码单反相机和小型数码相机拍摄同一对象,可看出背景的虚化程度有明显的区别。因为数码单反相机的图像感应器较大,能够实现大面积的背景虚化效果。

图像感应器的大小

由于数码单反相机的图像感应器比小型数码相机的图像感应器大,因此可以使得画面更细腻,能够表现画面丰富的色彩浓淡。另外,还可以拍摄出背景大面积虚化的效果。

数码单反相机 背景虚化效果佳

小型数码相机 背景虚化效果差

数码单反相机更擅长细节刻画

由于数码单反相机的图像感应器较大,因此可以充分展现景物的色彩层次,从而使画面更丰富,可供选择的色彩效果更广泛。

使用相同有效像素的数码单反相机和小型数码相机拍摄同一对象时,如果不对相机进行特别设置,一般使用小型数码相机所拍的照片乍看上去较为鲜明。这是因为在小型数码相机的标准设置中提高了鲜明度。

但比较一下照片色彩的柔滑度,就会发现使用数码单反相机所拍照片的色彩层次更清晰、画面更细致,因而照片效果更胜一筹。

如果追求细节刻画，还数数码单反相机

数码单反相机更适合抓拍

使用数码单反相机拍摄，能够通过光学取景器准确地确认拍摄对象，并且AF速度快，按下快门后的反应时间短，可不失时机地抓住每一瞬间，拍摄出更珍贵的照片。这是数码单反相机的魅力之一。

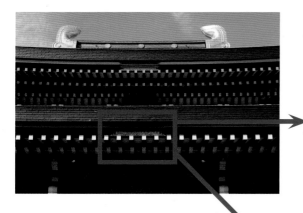

数码单反相机 细节刻画清晰

放大后比较两种相机的细节刻画功能

同是1000万像素的相机，在色彩柔滑度的表现和细节刻画上，可以说都是数码单反相机更胜一筹。

小型数码相机 细节刻画模糊

POINT

数码单反相机的优点

● 可更换不同镜头。

● 图像感应器较大，可大范围虚化背景。

● AF速度快，可抓拍每一瞬间。

● 由于色彩及细节刻画能力强，因此成像效果良好。

Q 如何挑选数码单反相机

选购数码单反相机时应该注意什么?

A 各种品牌相机的功能并无太大差异,只要相信自己的手感,再按照自己的喜好选择相机即可

选购时一定要自己亲手触摸、试用!

●推荐几款普及机型

尼康D60

采用与同款高端机D90一样倍率的光学取景器,视野清晰。机身质感良好,有让人一触摸即想拍照之感。

佳能 EOS 450D

机身轻小,方便携带。与纯正镜头的完美组合,可以实现AF的静肃性,而且冲洗照片的参数易于设定。操作简单,适合初学者使用。

宾得K200D

有防手抖功能,且安装任何镜头都可以使用该功能。便携式小机型,具有柔焦效果等。

索尼α200

机身内带有防手抖功能,在装有任何镜头时都能发挥很大作用是它的魅力所在。不失为性价比较高的一款相机。

奥林巴斯E-330

可以像小型数码相机那样,使用液晶显示屏确认画面,并且监视屏是可动的,能从不同角度拍摄。

用普及机型也能充分享受摄影乐趣

现在,数码单反相机的类型可谓琳琅满目,既有轻巧的普及机型,也有能在严酷的自然环境中运转良好,快速连拍的高端机型。

如果拍摄生活纪念照、旅游纪念照等非专业照片,使用普及机型就足够了。这类照片对相机的细节刻画能力要求不是很高,事实上现在的普及机型的相机的有效像素都很高,足以拍出满意的非专业照片。

另外,普及机型的外观设计、重量、便携性、取景器的清晰度、液晶显示屏的清晰度、图像感应器的除尘功能等也都有较大改善。

选购相机时要注意细节。比如,2.5英寸的液晶显示屏能清晰地确认画面,(转下页)

选购机型的要点

●注意这几个部分

取景器 选择又大又亮的

各款照相机的取景器大小及明亮度都不同。越大越明亮,越有利于拍摄,虽然因镜头不同亮度会有变化,但选购时取景器是一定要检查的。

手柄 选择手能够包住且握起来稳当的

各款相机的手柄形状有所不同。为了尽量避免手抖,需要选择适合自己手大小的相机。手能够包住且握起来稳当合适的最好。

图像感应器的除尘功能 确认是否带有除尘功能

数码单反相机在更换镜头时,容易沾上一些肉眼看不到的灰尘,导致照片上出现黑点。因此选购带有除尘功能的相机,使用时会更放心、更方便。

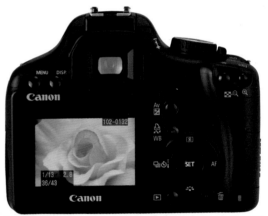

液晶显示屏 照片回放功能的操作性越强越好

各款相机的液晶显示屏都比较清晰,在选购时应该更注意细节,如回放后放大照片的功能如何、放大后是否清晰、文字大小是否合适等。

（接上页）但要确认细节,就不能缺少放大功能,而且各款相机的放大操作有很大不同,需要在选购时注意这样的细节部分。

另外,取景器的大小和亮度方面略有不同,购买时需要仔细确认。若相机的大小合适,手柄握起来舒适稳当的话,会有助于防手抖,操作也更得心应手。所以,选择适合自己手大小的相机很重要。

数码单反相机在更换镜头时,会有一些肉眼看不到的灰尘沾到图像感应器上,最终形成黑点呈现在所拍照片上。针对这个问题,出现了通过振动图像感应器来抖掉灰尘功能的机型,并且逐渐增加。为了今后能够安心、方便地使用,在选购时最好能够注意一下。

POINT

如何正确选购数码单反相机

● 选择自己喜欢的外观设计。

● 手柄正合适,握着舒服稳当。

● 比较各款相机取景器的大小。

● 确认是否带有图像感应器除尘功能。

Q A

必备的照相机附件

摄影时应该备有哪些附件？

至少需要配备的是电池和1GB以上容量的存储卡

用橡皮吹子除尘更方便

存储卡
最好备有1GB以上容量的存储卡

用数码单反相机拍的照片一般较大，所以最好有1GB以上容量的存储卡，多准备几张也无妨。

电池
最好有备用电池

拍摄时，需要回放照片查看效果，这是较消耗电量的操作，所以电量是否充足很重要。购买相机时，会带一块电池。最好再有备用电池。

镜头布&橡皮吹子
除尘时必备

要注意相机的保养，不能用纸巾或毛巾擦拭镜头。最好先用橡皮吹子吹去灰尘，再用专用镜头布擦拭。图像感应器上的灰尘一般用橡皮吹子除去。

根据需要和目的来购买附件

若在昏暗的场所或使用低速快门（如拍摄风景或夜景）拍摄，使用三脚架可以避免相机抖动，从而拍摄出效果好的照片。

若拍摄人数众多的集体照或会议纪念照，内置闪光灯就不够用了，此时需要发光量更大的外置闪光灯。因此准备一个外置闪光灯有时也是必要的。

若外出旅游，用移动硬盘保存旅途中拍摄的照片会更为方便。

备有三脚架和外置闪光灯更好

使用三脚架后，可以用低速快门拍摄光的轨迹

三脚架

能拉伸到与视线齐平位置的三脚架较好

在光线较暗的场所拍摄，或想要用较慢的快门速度拍摄左图那样的有趣照片，手持相机容易抖动，而使用三脚架就可以更好地拍摄。选购时最好选择能够拉伸到与视线齐平位置的三脚架。

外置闪光灯

拍摄人数众多的合影时可发挥作用

如果用内置闪光灯，即使将ISO感光度设为400，也只能照到5米远。拍摄人数众多的集体照，或从观众席拍摄舞台上的人物时，就需要发光量大的外置闪光灯。

使用外置闪光灯能拍摄出明亮的舞台

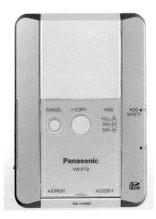

移动硬盘

保存更多照片，携带方便

在保存照片方面，移动硬盘比存储卡更有效，特别是外出旅游需要大量拍摄照片时。使用移动硬盘保存照片不用担心存储容量不够，可以尽情享受拍摄。
若选择有液晶显示屏的款式，可以直接确认查看照片，非常方便。

POINT

方便的相机附件

● 在光线较暗的场所或使用低速快门拍摄时，最好使用三脚架。

● 内置闪光灯只能照到3~5米处。拍摄更远的景物时就需要外置闪光灯。

● 以防万一，最好有备用存储卡和电池。

● 为了保养相机，需准备镜头布和橡皮吹子。

最适合数码单反入门级别的镜头

● 标准变焦镜头很方便

拥有一款标准变焦镜头就可以吗？

如果想享受更丰富的摄影乐趣，则需要更高级的镜头

标准变焦镜头的价格便宜，适合拍摄纪念照，一般足够用；

标准变焦适合拍纪念照

什么是焦距

变焦镜头的侧面有28、50、100等数字，这些数字指的就是焦距。随着焦距的变化，可拍摄范围就会发生或宽或窄的改变。

用标准变焦镜头拍摄的照片（接近肉眼观察的效果）

标准变焦镜头可覆盖摄影时所需的基本范围

由于标准变焦镜头是与相机同时购买，比较便宜，因此人们最初拥有的就是标准变焦镜头。标准变焦镜头的焦距大概为18～55mm，覆盖了标准拍摄景物范围、广角及中远范围，是一种适合拍摄各种纪念照的镜头。

焦距变化，拍摄景物的范围就有变化。就像右边的几幅照片一样，焦距越短，可拍摄景物范围越大；反之，焦距越大，可拍摄景物范围越小。当然镜头并不只是用来调节可拍摄景物范围的，还有很多其他的功能，在拍摄过程中要注意灵活运用。

焦距越长的远摄镜头，对焦范围越小，使用这样的镜头拍摄照片容易生成更大范围的虚化效果。为了更多地享受把玩数码单反相机的乐趣，推荐拍摄者备有多种镜头。

了解镜头功能，拍摄经典照片

照片是这样随着焦距的变化而变化的

11mm

摄取景物范围广。属超广角。

100mm

中度远摄。体现了远摄镜头特有的压缩效果。

17mm

属于广角，但在标准变焦范围内。

200mm

远摄。望远到这种程度的话，照片显得很有意思。

35mm

这种画幅和肉眼观察到的画面差不多。

300mm

超长远摄。背景虚化了许多。

50mm

有远摄效果，但是还在标准变焦范围内。

标准变焦镜头

POINT

标准变焦镜头的主要特点

● 除了标准拍摄景物范围外，还含有一点广角和摄远效果的镜头。

● 可拍摄与肉眼视野范围完全相同的景物。

● 比较适合拍摄纪念照。

● 若想更好地享受数码单反相机的拍摄乐趣，只有这一款镜头还不够。

最适合旅游时使用的高倍率变焦镜头

Q 选择哪几款辅助镜头比较好？

A 如果只购买一款镜头，那么推荐高倍率变焦镜头，可以瞬间远摄，非常方便

高倍率变焦（从18~200mm的广角侧拍）

高倍率变焦镜头

高倍率变焦镜头既可用于广角拍摄，又可用于远摄，省却了需要频繁更换镜头的麻烦，只此一只便能拍摄多种照片，非常适合出行旅游时携带使用。远摄时开放F值较暗，需要注意防手抖。可提高ISO感光度，从而拍出鲜明的照片。

高倍率变焦（从18~200mm的远摄侧拍）

在标准变焦镜头的基础上，再加一只远摄变焦镜头

数码单反相机可以使用各类镜头，既可以使用摄取景物范围较宽的广角镜头，也可以使用能够较大且较细致地拍摄远处物体的远摄镜头。若能够灵活使用这些镜头，那么可拍摄的领域将大幅增加，乐趣也会骤然增多。

辅助镜头可分为原厂镜头和副厂镜头。原厂镜头是指生产数码单反相机的厂商生产的配套镜头，副厂镜头是指专业的镜头厂商（如适马、腾龙、图丽等）生产的镜头。从这些镜头中选择一款能广角拍摄且有远摄功能的高倍率变焦镜头，既省去更换镜头的麻烦，又能迅速进行广角或远摄拍摄。

若已有标准变焦镜头，那么最好再有一款远摄变焦镜头。

胶片相机上使用的镜头，只要卡口一致，也可用在数码单反相机上。

了解不同镜头的不同功能，选购合适的辅助镜头

广角变焦

摄取景物范围广

广角变焦镜头比标准变焦镜头能够拍摄的景物范围更加宽广。拍摄近距离对象时，由于景深较大，形成反差效果，被摄对象显得高大立体，因此富有远近感和冲击力。

适马 10~20mm

佳能18~135mm

微距镜头

拍摄微小物体的放大效果

能够近距离接近被摄物体，因此可以将很小的物体拍得较大，呈现肉眼无法看到的视觉效果。很适合拍摄花卉类照片，而且靠近被摄体后，对焦范围变窄，有较好的虚化效果。

图丽 80~200mm

远摄变焦

可将远处的物体拉近拍摄

这种变焦镜头能够拍摄的景物的范围较窄，可以将远处的物体拉近，拍出近距离效果。同时对焦范围变窄，产生较好的虚化效果，适用于很多场合。

POINT

明确拍摄目的，选购合适的镜头

- 拥有标准变焦镜头后，还需要有一个远摄变焦镜头。
- 既能广角拍摄又能远摄的高倍率镜头很实用。
- 用大口径镜头可拍出更鲜明、虚化效果更好的照片。
- 向喜欢拍摄花卉类作品的摄影爱好者推荐微距镜头。

Q 如何才能防抖？

● 防抖

A 握持相机时尽量使手臂放松，或者使用带防抖功能的相机、镜头，都可以在一定程度上防手抖

尽量双手握照相机

○ 横向握持相机的方法

右手轻握相机手柄，左手从下方扶住相机和镜头。若为变焦镜头，则左手手指放在光圈上，夹紧两臂。但不要过于用力，保持身体放松。

○ 竖向握持相机的方法

按快门的右手放在上面还是下面，可以自己选择，只要舒适即可。和横向握持时一样，需要适度夹紧两臂。另外竖向握持时更容易手抖，所以张开双脚站立会更好地保持平稳。

✕

使用三脚架是防抖的根本方法

如果双臂紧张，过于用力容易引起手抖。尽量使自己放松，适度握持相机有助于防抖。

正确握持相机有助于防抖

　　接下来介绍正确的握持相机的方法。将两脚张开，与肩同宽，左脚向前迈半步；双手握相机，适度夹紧两臂。右手轻握相机手柄，左手从下方包握住相机和镜头，轻按快门，这是比较理想的握持相机的方式。

　　另外，当竖向握持相机时，右手放在上或放在下都可以，以个人舒适为准。

　　即使是比较正确地握持相机，在快门速度较慢时也容易抖动。这时可以使用"1/镜头焦距"以上的快门速度。也就是说，如果用焦距为50mm的镜头拍摄，那么用比1/50秒还快的1/125秒速度拍摄，就可以防抖。（转下页）

灵活使用相机的防抖功能和三脚架

光学防抖技术

通过移动镜头的一部分来防抖。所安装的镜头须带防抖功能。从取景器中便可确认防抖效果,这一点令人放心。(LUMIX L1)

CCD防抖技术

通过移动相机机身内的图像感应器来防手抖。这意味着只要卡口一致,使用任何一款镜头都能使用这种方式防抖。

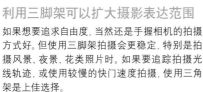

利用三脚架可以扩大摄影表达范围

如果想要追求自由度,当然还是手握相机的拍摄方式好。但使用三脚架拍摄会更稳定,特别是拍摄风景、夜景、花类照片时。如果要追踪拍摄光线轨迹,或使用较慢的快门速度拍摄,使用三角架是上佳选择。

（接上页）现在有不少数码单反相机或镜头带有防抖功能。虽然比提高快门速度的方法要好一些,但还是不能完全避免晃动。要想从根本上防抖,还是要使用三脚架。

三脚架的优势在于,即使使用很慢的快门速度拍摄也不容易抖动。三脚架并不便宜,但建议选择结实的、能拉伸到与视线平行位置的、能够低角度拍摄的三脚架。

POINT

防抖的注意事项

● 了解出现晃动时的快门速度。

● 握持相机的双臂要放松,力度适中。

● 电子防抖功能效果较好。

● 在适当的时候使用三脚架。

● 竖向使用相机时容易发生抖动。

Q
● 如何卸下镜头

换镜头时需要注意什么?

A
注意镜头的旋转方向,在卸镜头时一定要按镜头释放按钮

一定要确认镜头是否安装到位

**先按镜头释放按钮
再取下镜头**

有时需要边按按钮边旋转镜头,否则卸不下来。一定要按下释放按钮再卸镜头。

**安装镜头时要与镜头
安装标志对齐**

一定要与安装标志对齐后再安装,否则无法卡到位,将出现问题。

镜头如果没有卡到位,将无法正确显示

如果镜头安装不正确,光圈、快门速度等相关数值将无法正确显示。有时会出现快门不灵的现象,需要注意。

POINT

购买副厂镜头时要确认卡口

专业的镜头厂商(如适马、腾龙、图丽等)也生产品牌数码单反相机的镜头。厂商会对应不同的相机生产不同卡口的镜头,购买时一定要仔细确认卡口。副厂镜头一般比原厂镜头便宜。

安装镜头时,要听到"咔嚓"一声后再停止旋转镜头

机身与镜头接轨处称为镜头卡口,与卡口形状不一致的镜头是不能安装的。

如果安装与机身厂商相同的原厂镜头,一般不会出现问题。如果安装副厂镜头,就要看卡口是否相符,稍有不同,就无法安装。但符合4/3系统标准的相机可以安装不同厂家的镜头,因为符合该标准的相机有相同的卡口。

安装镜头时,要与镜头安装标志对齐,旋转镜头,直到听到"咔嚓"一声。

如果没有听到"咔嚓"的声音,那一定是镜头还没有安装到位。如果在镜头没有安装到位的情况下使用,不光镜头有掉下来的危险,还有可能出现拍摄时按不了快门、取景器内无法正常显示等问题,需要多加注意。

Q

什么是像素和画质？

A

它们是用来判断照片细致程度的要素，像素越高画质越好

高画质的层次丰富

像素越高，效果越好

相机的有效像素高，成像就比较细致。组成画面的像素越多，也就意味着单位像素所占面积越小，画面就越细腻，可以如实地表达渐变效果和柔顺线条。

○

如果像素低，放大后的画面非常粗糙
组成数码照片的像素呈马赛克状排列，构成照片的每一个粒子都是四角形。当放大像素低的照片时，会看到斜线条呈现明显的阶梯状。

×

POINT

拍摄风景照片一定要用有效像素高的相机

即使使用有效像素相同的相机，因所拍物体不同，也会呈现不同的画质效果。风景照片往往是对景物的细致描写，因此更应该使用有效像素高的相机，以保证高画质。

像素越高，画质越好

画质就是画面的品质，即图像是否细腻、色彩层次是否流畅清晰。

像素，简单说就是光敏元件的数量。像素越高，画面越细致。数码照片就是由很多细小粒子排列而成的，整个画面由不同颜色的点构成。

如果点的数量少，那么单个点必须很大才能构成整个画面。而点一旦变大，整个画面的粒子都会显得很大，不能表达渐变效果，而且画质粗糙；反之，当点的数量多时，画面就会显得细致，照片效果就更好。

照片的保存形式

Q JPEG和RAW都是什么？各有什么特点？

A 一般来说，JPEG格式比较方便；如果拍摄后还要进行各种加工处理，那么RAW格式比较合适

JPEG格式易于操作

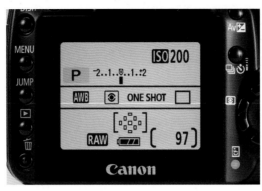

RAW格式的文件较大，而JPEG格式的文件较小

RAW格式文件的数据量较大。同样大小的存储卡，JPEG格式的L高精细度的照片可以存243张，而RAW格式却只能存97张。

如果使用RAW格式保存照片，就需准备多张存储卡，或者直接带电脑。

RAW

◀液晶显示屏右下角显示可拍摄97张

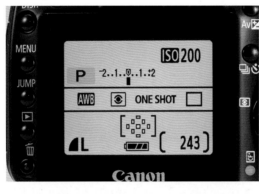

JPEG

◀液晶显示屏右下角显示可拍摄243张

可以为JPEG格式的照片选择大小、画质

JPEG格式的照片可以选择图像大小、画质。图像大小由摄影时选定的像素高低来决定；画质由图像压缩程度决定。图像大小一般由L、M、S表示，画质由fine（精细）、normal（中等）、basic（普通）表示。

◀图像大小的表示

JPEG格式照片的优点和缺点

JPEG和RAW都是图像文件的存储格式。应用较广的是JPEG格式，因为相同像素的照片，这种格式能将照片压缩得较小，易于存储。另外，可以用电脑直接查看刚拍摄的照片，尽管被压缩得很小，但基本上对画面效果没有影响。

不足的是，JPEG格式的照片在拍摄完成的瞬间相机就完成了成像处理，直接生成照片，之后在电脑上进行各种调整时就会对整个画面效果产生影响。所以最好不要在拍摄后修改拍摄前设定的白平衡、反差等。

对照片画质要求高且喜欢后期调整，推荐使用RAW

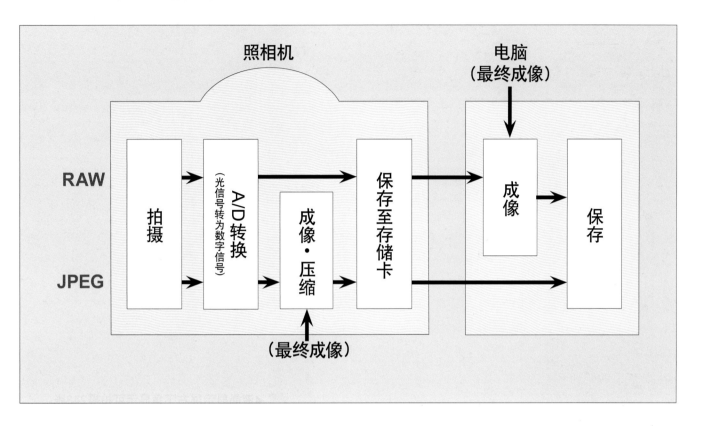

RAW格式的优势就在于能够对图像进行调整

RAW格式，可以用电脑在图像的成像过程中直接对其进行确认，调整色彩的明亮度、反差等。如果照片为JPEG格式，调整往往导致画质的降低。

RAW格式照片画质优先

　　RAW格式的照片实际上并未在相机内进行成像处理，而只是保存了照片的数字信号。用数码相机拍摄的照片是在成像处理阶段控制白平衡、反差等，所以拍摄了RAW格式的照片后可以在电脑中按照自己的喜好调整照片的颜色、饱和度等，还可以随时查看效果，并且画质不受任何影响。RAW格式的照片不但画质好，还比JPEG格式照片的颜色层次丰富。

　　RAW格式照片的缺点就是文件大，导入电脑时速度慢。同等容量的存储卡可以保存的JPEG格式照片要比RAW格式照片多，所以不得不备有多张或超大容量存储卡。拍摄后在电脑中进行成像处理其实也比较麻烦。

　　RAW与JPEG两种格式各有优缺点，RAW格式画质优先，可进行图像调整；如果想要拍完就立刻打印出来，首选JPEG格式。

Q 存储卡容量

一张存储卡能存多少张照片？

A 因像素及照片格式不同会有所不同，但一般来说，容量为1GB（约130张）的就应该够用

每款相机都对应一定格式的存储卡

SD卡

以前一般只用于小型数码相机，但最近也较为广泛地用于数码单反相机。
打开位于相机外侧的存储卡插槽盖，将卡插入即可。（图为插入的SD卡/尼康D60）

CF卡

CF卡是精巧的U盘卡。一般容量较大，现在8GB容量的已经大量出现在市面上，广泛用于数码单反相机。
打开仓盖后会看到可插入CF卡、微型硬盘的插槽。（图为佳能 EOS 400D）

XD卡

由日本奥林巴斯株式会社和富士有限公司联合推出的一种新型存储卡，为同类产品中体积最小的产品。
打开仓盖后会看到可插入XD卡、微型硬盘的插槽。（图为奥林巴斯E500）

MS卡（记忆棒）

MS卡是索尼开发的一种存储卡，主要用于索尼相机。为适应相机越来越小型化的趋势，还开发了MS Pro Duo产品，俗称短棒。
打开仓盖后会看到可插入MS卡、微型硬盘的插槽。使用随机附送的MS卡适配器还可使用记忆棒。（图为索尼α200）

容量大，价格也高

存储卡是使用数码相机时的必备品。存储卡有很多种，每款相机都有与其对应的一种存储卡。一些高端机型甚至可以对应两种卡，以防存储时出现问题。

需要多大容量的存储卡，要看相机的有效像素和图像文件的格式。比如，使用有效像素为1000万像素的相机拍摄，而且照片要存为RAW格式，就有必要准备较大容量的存储卡。

如果使用容量为512MB的卡，大概可以存40张，这显然不太够用。依次类推，2GB也不过能存160张。使用同一相机，如果用大小为L、画质为精细的JPEG格式保存，512MB的存储卡可存65张，2GB的存储卡可存260张。（转下页）

做到对存储卡容量心中有数

1000万像素时所拍张数
（1GB的存储卡、JPEG格式、画质精细）

1GB		张数
R A W		80张
JPEG	L	130张
	M	230张
	S	500张

600万像素时所拍张数
（1GB的存储卡、JPEG格式、画质精细）

1GB		张数
R A W		90张
JPEG	L	300张
	M	540张
	S	1100张

能够使用两种存储卡的机型

机身有两个插槽，可同时使用小型U盘和SD卡两种存储卡。经常被应用在一些高端相机上，以防止存储时出现问题。

POINT

要细心呵护存储卡

存储卡是高精密设备。不慎掉落会损坏其中保存的图像。另外，存放时要远离静电和磁场。不要轻易触摸背面的磁条。从相机内取出卡后，应立即放入盒中保管。

插取存储卡时不要忘记先关电源

插取存储卡时，一定要先关电源，还要注意按指定方向插入存储卡。

（接上页）一般容量越大，存储卡的价格越高，读写速度快的存储卡的价格要更贵。高速存储卡会在卡上或包装上标有倍数。

如果经常使用连拍功能，或用RAW格式保存照片，推荐使用高速存储卡。

Q 使用电池时一定要注意什么？

A 取放电池时，必须先关电源

拍摄前要确认电池状态

注意电池插入方向

安装电池时注意确认插入方向。方向不正确，将无法顺利装入，或无法关闭仓盖。反方向装入仓内也无法正常提供电力。

取出电池时，先将电源开关设定为OFF

安装或取出电池之前先确认相机电源是否已关闭。如果电源开着，会发生很多问题。

电池电量充满以后，充电指示灯会变化

电池装入充电器内即可充电。电量充满以后充电指示灯会变化，以提示充电完毕。

POINT

选择适合相机的电池

每一款相机都有专用电池。有一些副厂厂家也生产数码相机充电电池。不管原厂还是副厂，都要选择适合自己相机使用的电池。

充电指示灯会提示电池电量是否已充满

当前市面上的数码相机大都使用充电式电池，出厂时电池往往是无电状态。若长时间不使用电池，会逐渐耗尽电量，因此每次使用之前最好进行充电。充电器一般随相机附带。将充电器插头插入电源插座，充电即开始。当电池充满后，充电指示灯将从一闪一闪的状态变为一直亮灯的状态，提示充电完成。

充电电池反复多次使用后会逐渐老化，如果充满电完成后，使用时电量会迅速耗尽，那么就需要更换新的电池了。另外，电池一直放在充电器中，会引起发热，出现危险。

使用数码单反相机时应该注意什么？

● 数据处理指示灯亮时的注意事项

A 不要在数据处理指示灯亮时打开存储卡或电池仓盖

数码相机的天敌——灰尘

**数据处理指示灯亮时
不要触碰电池和存储卡**

数据处理指示灯亮即表示照相机在工作中，此时最好不要乱动照相机。

**图像感应器上灰尘的
影子会显现在照片中**

画面中有图像感应器上所沾灰尘的影子。越是明亮平整的画面，灰尘的影子就越是显眼。只要图像感应器上沾有灰尘，就会显现在画面上。

灰尘 ➡

**打开光圈拍摄时，
灰尘影子并不明显**

打开光圈后，灰尘影子就虚化了，不容易引起注意，但放大照片后依然可以观察到一块黑影。但打开光圈拍摄，不失为一种遮掩灰尘的方法。

POINT

注意镜头后透镜上的灰尘

镜头后透镜表面沾有的灰尘极易通过卡口直接进入机身。因此，要尽量保持后透镜清洁。

数据处理指示灯亮时最好停止对相机进行各种操作

　　和使用胶片相机不同，使用数码相机有很多需要注意的事项。首先，尽量保持图像感应器的清洁。图像感应器是将光信号转为数字信号的装置。灰尘往往易从卡口进入机身，因此要避免在灰尘较大的地方更换镜头。

　　使用数码相机拍摄后，相机将数据写入存储卡时，或进行存储卡的格式化、降噪等操作时，都需要等待一段时间，数据处理指示灯不能对照相机进行其他操作。

　　数据处理指示灯亮期间不要开启存储卡和电池仓的仓盖。倘若灯亮时将存储卡拔出或将电池卸下，都将导致图像信息受损等问题。

Q 旅行中拍摄的照片文件太多怎么办?

A 不断地将文件转移到外接硬盘或笔记本电脑里

比准备大量存储卡要经济实惠得多

只需转移到大容量的移动硬盘里

移动硬盘的便携性
是其魅力所在

移动硬盘既小又轻,几乎可以直接放在相机包里,便携性极好。

利用笔记本电脑还可以
直接整理文件

旅行时如果带着笔记本电脑,就可以及时整理所拍照片。若是自驾车旅行,甚至可以直接在车里进行整理。

带显示屏的移动
硬盘很方便

现在有很多移动硬盘都带有显示屏。虽然价格要稍微贵一点,但能够直接确认照片,的确很方便。

POINT

不要忘记给移动硬盘充电

外置硬盘没有电池也无法工作。若在旅馆内使用,只需有AC适配器就可以了。如果是摄影时也携带,就需要先检查电池内的剩余电量。

可直接装到相机包里的移动硬盘最方便

　　如果在旅途中无法将每一天拍摄的照片都及时导入电脑中,那么就需要想一个能够大量保存照片文件的方法。当然准备许多大容量存储卡是办法之一,但很不经济。

　　如果有笔记本电脑,可以直接带笔记本旅行,或者可以准备一个移动硬盘。直接带电脑就可以在旅途中任何时候整理照片,而移动硬盘既轻巧又有较大的容量。所以移动硬盘比存储卡实惠得多。

　　移动硬盘完全可以装到相机包里,可以直接带着去拍摄。

　　拍摄照片后及时将照片转移到电脑或移动硬盘中,完成后就可以将存储卡格式化,继续使用。采用这样的方法可以提高存储卡的使用效率。

Q 出国旅游小贴士

出国旅游要注意什么？

A 准备好变压器

不要忘带电源插头转换器

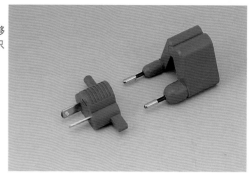

准备好电源插头转换器

电源插头转换器的种类很多。最近出现了能够对应多种插头的商品，去国外旅游时带上一只会比较方便。

POINT

尽量随身携带照相机

乘坐飞机火车等交通工具时，照相机、镜头等精密器材最好都放在登机箱内随身携带。三脚架则可以不必随身保管。

要看清充电器上的各种标识

国外很多地方的电压、电源插头形状等与国内不同，需要看清充电器上的各种标识，最好选择能使用多种电压的充电器。现在很多数码相机都能使用多种电压，反之如果不能使用，就需要准备变压器。

Q 照相机出现故障

旅途中相机坏了怎么办？

A 相机是最好的对策

旅行前准备一个备用

备用相机可以是小型相机

两台机身才放心

大多数人可能都会拿多个镜头，但如果机身出了问题，将带来致命麻烦。因此，最好准备两台机身。

最好到厂家的维修点修理

照相机出现故障后，最好不要自己乱动，推荐接受厂家的服务，但旅途中可能未必会有厂家的维修点。修理一般至少都要几天时间，即使有维修点，一般也不能当天修完。

所以还是回来后再修理较为稳妥。为了避免出现问题影响拍摄计划，最好的办法也只能是多带一台照相机。

POINT

胶片相机或小型相机都可以

虽然最好的办法是带两台数码单反相机，但大多数人可能只有一台。这时可以带上胶片相机或小型相机，也能够保证拍摄。

第1章
数码单反
完全使用篇

● 照相机的保养与保管

Q 照相机的保养与保管有什么需要注意的？

A 除尘比较重要，比较普及的方法是用橡皮吹子吹掉灰尘

保管时千万注意避免高温多湿的场所

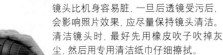
灰尘用橡皮吹子吹掉

能够不接触图像感应器而去除灰尘的方法就是用橡皮吹子吹。如果还不能够完全清除，那么也不要擅自操作，最好请专业人员处理。

镜头比机身易脏

镜头比机身容易脏，一旦后透镜受污后，会影响照片效果，应尽量保持镜头清洁。清洁镜头时，最好先用橡皮吹子吹掉灰尘，然后用专用清洁纸巾仔细擦拭。

还要保持电池接触点的清洁

如果电池的触点有灰尘，电池的使用时间就会变短。清洁时用酒精擦拭。

POINT

如果长期不用，放在防潮箱内

长期不使用时，放在防潮箱里保管较为理想。取出电池和存储卡后，避免放在高温潮湿的场所保存，使用放入干燥剂的密闭容器也是一个办法。

绝对不能触摸图像感应器

　　使用数码单反相机的一个烦恼就是如何处理沾在图像感应器上的灰尘。虽然数码单反相机的生产厂商提供清洁服务，但如果到厂家指定的服务点清洁不太方便，或者拍摄中沾了灰尘且想当即除掉，就比较麻烦。

　　自己除灰尘时需要注意，绝对不能触摸图像感应器，最常见的除尘方法就是用橡皮吹子吹。如果用橡皮吹子清洁时，使反光镜弹起，一旦清洁过程中出现电池电量不足的情况，反光镜将突然落下，很危险。因此一定要手动清洁图像感应器并且事先充足电，或使用AC适配器。

CHAPTER 2

解决您的疑问！

充分利用照相机的各种功能，就可以拍出令人满意的照片！

数码单反创作技巧篇

解说／山冈麻子等

Q 如何区分使用全自动模式和程序曝光模式？

Q 如何使用模式转盘上的P、A、S、M？

Q 必须根据情况使用场景模式吗？

Q 如何使用白平衡？

Q 如何才能拍出想要的亮度效果？

Q 什么情况下需要改变ISO感光度？

Q 如何才能准确合焦？

Q 如何才能突出拍摄对象？

Q 如何才能将花卉拍摄得更美？

Q 如何拍好远处景物的近镜头特写效果？

Q 什么情况下使用低速快门？

Q 什么时候适合使用高速快门？

Q 如何拍摄主体不动而背景流动的照片？

Q 如何才能够拍摄好被摄体突然出现的瞬间？

Q 使用内置闪光灯拍不出理想效果怎么办？

Q 总是拍不出理想的夜景效果怎么办？

Q 照片中的玻璃上有闪光灯的反光怎么办？

全自动模式就是"傻瓜"模式

Q A 如何区分使用全自动模式和程序曝光模式？

全自动模式意味着一切都交给相机调节，具有傻瓜特点；而程序曝光模式对拍摄者的要求稍高

● 活用全自动模式和程序曝光模式

程序曝光模式（P）
与A（光圈优先自动）、S（快门优先自动）一样，由相机自动设定曝光。但与以上二者不同的是，光圈和快门速度也可由相机调节。

全自动模式（AUTO）
相机自动进行各种设置。相当"傻瓜"，只需按下快门就可进行各种拍摄。

◀全自动模式的画面显示

具有"傻瓜"性质的全自动模式
无需进行任何设置就可以轻松拍，很方便，但所受限制也较大。比如，全自动模式下闪光灯闪光模式的可选择类型很少。但程序曝光模式下就可以任意选择相机内的所有闪光模式。

◀程序曝光模式的画面显示

全自动模式很"傻瓜"，程序曝光模式只有曝光由相机自动设定

　　全自动模式（AUTO）和程序曝光模式（P）乍看没有不同，但其实这两种模式还是有一些差异。全自动模式很"傻瓜"，只需按快门就可以，曝光由相机完成。无法进行曝光补偿，白平衡自动设定。

　　一些面向初学者的机型中ISO感光度一般也由相机自动设定，只有图像大小和画质由拍摄者手动设置。另外，当相机判断光线不足时，闪光灯也会自动弹出，按下快门后即闪光。这样由相机自动设定可避免许多失败，即使不懂摄影的人，也能拍出较好的照片。

　　但这样也意味着拍摄者不能够自由操控相机，比较适合于入门时使用。

使用程序曝光模式可以拍摄自己想要的照片

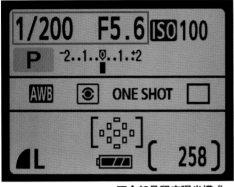 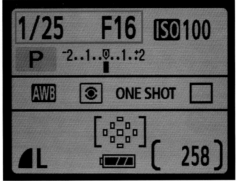

程序曝光模式下可选择快门速度和光圈的组合

全自动模式下快门速度和光圈无法改变。但在程序曝光模式下，即便由相机自动设置曝光，使用手动模式转盘就可以更改快门速度和光圈的组合，并且保证曝光不变。

两个都是程序曝光模式，但快门速度和光圈数值不同

全自动模式下闪光灯会自动弹出

全自动模式下，当被摄体处在光线较暗处或逆光处时，相机会自动弹出闪光灯。

两种模式下，拍摄者都可集中抓拍每个珍贵瞬间

程序曝光模式和全自动模式下都是自动曝光，拍摄者会相对比较轻松，这样可以集中精力拍摄。抓住每个美好瞬间，并且能及时按下快门。

程序曝光模式下，白平衡和ISO感光度都由拍摄者设定

　　使用程序曝光模式拍摄时，在相机自动设定曝光的过程中，快门速度和光圈可由相机设定。除此之外的白平衡、ISO感光度、闪光灯必须由拍摄者设置。

　　另外，可以进行曝光补偿和程序偏移功能。此功能可以在保持图像亮度不变的同时，调整快门速度和光圈速度，拍摄者可选余地大。

　　比如，想手动调节内置闪光灯和白平衡，但不太擅长设置光圈、快门速度时，比较适合使用此种模式。

POINT

两种模式的曝光都自动设定为防机震程度

程序曝光模式和全自动模式下，相机都会选择机震程度较小的组合。比如，在同样情况下，装有200mm镜头时会自动选择比50mm镜头时高的快门速度，因为越是远摄镜头，越容易产生机震。

Q ● 摄影模式的选择 如何使用模式转盘上的 P、A、S、M？

A 分别用于拍摄不同事物；选择 P 时相机自动完成的设置较多，不容易拍摄失败

程序曝光模式 (P) 轻松简单

光圈优先模式（A 或 Av）
拍摄时可以自己设置光圈值，快门速度可根据被摄体的亮度自动调整。光圈越大，景深越浅。

程序曝光模式（P）
光圈值和快门速度根据被摄体的亮度自动调整，只需按下快门即可拍摄的简单模式。

手动模式（M）
可手动设置光圈和快门速度。虽然设置比较自由，但对拍摄者的技术要求较高。

快门优先模式（S 或 Tv）
拍摄时可以自己设置快门速度。光圈可根据被摄体的亮度自动调整，多用于拍摄动态物体。

用程序曝光模式抓拍人物照
这是程序曝光模式下拍摄的儿童照。拍摄时即使小孩乱动，只要对焦准确就能很好地抓拍。因为程序曝光模式下只需按快门，不需要太多地考虑时间。

用手动模式拍摄焰火
焰火的亮度变化较大，若用程序曝光模式 (P)，测光表将无法正确测光，所以适合用手动模式拍摄。光圈值和快门速度都可以根据情况手动设置。

P 接近于自动，M 为手动

中端以上的数码相机一般都有 P（程序曝光模式）、A 或 Av（光圈优先模式）、S 或 TV（快门优先模式）、M（手动模式）这 4 种拍摄模式，分别用于拍摄不同事物。

最简单的拍摄模式是程序曝光模式，该模式的快门速度和光圈值都由相机自动设定，几乎等于自动模式。与全自动模式不同的是，程序曝光模式下可以手动设置白平衡和 ISO 感光度，比全自动模式稍稍复杂一点。

与程序曝光模式完全相反的是全部需要手动设置的手动模式，快门速度和光圈值都要手动设置，所以对拍摄者的技术水平要求较高。

拍摄亮度发生瞬间变化的焰火时，程序曝光模式无法适时地曝光，最好用手动模式。如果有意提高或降低照片亮度，也可以使用手动模式。

使用手动模式时，要另买测光表。测光表价格贵、用法复杂，不推荐初学者使用。

享受用光圈优先和快门优先模式拍摄的乐趣

用快门优先模式拍摄流水

用1/2秒的快门速度拍摄，呈现出线一般的流水；用1/250秒的快门速度拍摄时，流水看上去就像停止在那里一样。利用快门优先模式可以这样随心所欲地做各种特殊表达。

用光圈优先模式拍摄虚化效果

景深是摄影的一个重要表达方式。下图中以中间的叶子为中心，获得较浅景深，可以突出叶子。当需要调整景深拍摄虚化效果时，推荐使用光圈优先模式。

POINT

如何决定拍摄模式

● 程序曝光模式可以简单轻松地拍摄。

● 当亮度变化强烈，或有意改变照片明暗度时，适合使用手动模式。

● 想要控制景深时用光圈优先模式；想要控制画面速度时用快门优先模式。

用光圈优先模式尽享虚化效果

光圈优先模式是指手动设置光圈值后，相机自动决定快门速度的一种模式。增大光圈（减小光圈值），景深变浅；缩小光圈（增大光圈值），景深变深。掌握这个规律并灵活应用，是用好光圈优先模式的关键。

值得注意的是，缩小光圈的同时快门速度会变慢。这是因为拍摄时为了能够准确曝光，需要从小孔中汲取很多光量，那么快门速度就会自然放慢。而快门速度放慢之后，很容易手抖，需要小心。

Q A

活用场景模式

必须根据情况使用场景模式吗？

相机会根据不同情况自动设定，所以根据情况使用场景模式拍摄效果较好

人像模式可用在所有拍摄人物的场合

人像模式

女孩面部曝光适度，肤色通透。若使用变焦镜头的长焦端，则更能虚化背景，突出人物。

① 人像模式
② 风光模式
③ 微距模式
④ 运动模式
⑤ 夜景人像模式
⑥ 闪光灯关闭模式

风光模式

缩小光圈可使整个画面合焦。适合拍摄辽阔、清晰的风景照。

运动模式

在室内照明的情况下进行拍摄，提高ISO感光度后，导致画面中出现些许噪点，但还是充分发挥了运动模式的作用。

较为常用的是"人像"和"风光"模式

场景模式分类较细，可根据拍摄事物及情况的不同自动调整快门速度和光圈，甚至可以调整亮度和色彩。下面就介绍几种常用场景模式的功能。

●人像模式

人像模式下，光圈自动设定为接近开放值，可以虚化背景突出人物。想要更虚实分明的效果时，可以用长焦镜头。该模式曝光和亮度的设定合理，使背景虚化效果明显，人物突出，肤色通透，适用于所有人物摄影。

●风光模式

风光模式与人像模式正相反，该模式的光圈最小，整个画面清晰。用变焦镜头的广角端拍摄，合焦幅度会更大，可以增加景物的广度。

了解各种模式的特点，拍出更多佳作

夜景人像模式
树木等前景较暗，大厦窗口透出的光很细腻，夜景效果好。

场景模式小贴士

人像模式	相机会自动把光圈调到最大，实现浅景深的效果。有些相机还会使用能表现更强肤色效果的色调、对比度或柔化效果进行拍摄，以突出人像主体。
风光模式	相机会自动把光圈调到最小以增加景深，另外对焦也变成无限远，使照片获得最清晰的效果。用广角端拍摄更能发挥此模式的优势。
微距模式	用于拍摄微小的目标，如花卉、昆虫等。使用该模式可避免对焦太近，同时还可防抖。当出现抖动警告时，应使用三脚架拍摄。

运动模式	用来拍摄高速移动的物体，相机会自动提高快门速度。如果使用带有自动追尾功能的相机，合焦也非常顺利。
夜景人像模式	既能呈现夜晚的黑暗，又能鲜明地表现霓虹灯的光。在该模式下用闪光灯拍摄时会自动转为夜景同步闪光灯模式。
夕阳模式	相机自动设定白平衡等，使得照片整体呈现昏黄颜色，衬托傍晚的气氛。同时配用滤镜，能够拍出更合心意的傍晚景色。

灵活使用各种模式

●夕阳模式

使用夕阳模式拍摄可表达傍晚的情绪。如果拍摄夕阳下的景物，但觉得颜色不足以体现傍晚的情绪时，可使用夕阳模式。

●夜景人像模式

夜景人像模式能够同时清晰拍摄出夜景和人像。使用自动模式拍摄时，一般闪光灯会使人物明亮清晰，但背景一片漆黑；而使用夜景人像模式能够在闪光灯闪光的同时，配合背景的亮度降低快门速度，达到人物和背景同时清晰的效果。

●运动模式

使用运动模式拍摄运动物体时，快门速度自动设置为高速，可避免被摄体成像模糊。

有些相机还有烟花模式、自拍模式等各种各样的场景模式，灵活使用将增添不少拍摄乐趣。

活用白平衡

如何使用白平衡？

一般来说，使用自动白平衡就可以；如果调整白平衡，可以得到更多独特的效果

自动白平衡即可，也可手动调节

自动白平衡下的拍摄

用自动白平衡拍摄的夕阳，虽然忠实于自然颜色，但无法烘托傍晚的气氛，这时就需要调整白平衡。

调整白平衡增加红色调后

设置为晴天白平衡后，拍摄出美丽的夕阳景色。

●各款相机的白平衡功能●

尼康 D90

液晶显示屏中从上至下依次为自动、白炽灯、荧光、晴天、闪光灯、阴天、晴天背光白平衡模式。

佳能 EOS 450D

液晶显示屏上分别为自动白平衡和特定光源下可以手动设置的白平衡。自定义白平衡时，可以用十字键选择，然后按SET键确定。

用自动白平衡拍摄的照片颜色自然

　　数码照相机一般都有白平衡功能。白平衡是指修正因阳光、灯光等引起的光线颜色改变的功能。用胶片相机在荧光灯下拍摄的照片会有些发绿，那就是因灯光而引起的光线颜色的变化。

　　在一般的拍摄过程中，设置自动白平衡后相机会自动调节，不需操心。但有时自然的颜色未必就好。比如，拍摄灯光下的事物时，可能颜色稍稍偏黄一些反而更能烘托出柔和的氛围。这时最好用光源手动设置白平衡来调整，以拍出更加心仪的效果。

根据情况使用各种模式，将得到意外的效果

及时更换各种白平衡模式可获得意想不到的效果

不同光源的白平衡设置主要是由主光源光线的色温决定，拍摄场所的色温与白平衡设定的色温最好相符。所以为了取得更好的效果，需要有意识地及时更换各种白平衡模式，特别是在拍摄傍晚和夜晚景色时。

自动模式

晴天模式

白炽灯模式

荧光灯模式

POINT

理解白平衡的特点

● 使用自动白平衡模式拍摄的光线颜色一般比较自然。

● 不特别设置白平衡，利用光线的变化有时可获得意想不到的效果。

● 需要缜密地再现颜色时使用手动设置白平衡。

有时用手动白平衡模式也可获得自然颜色

舞台照明多使用白炽灯，若将白平衡设定为晴天模式，拍摄效果将偏红；若设定为自动模式，拍摄效果还是留有红色；最终采用手动白平衡模式。所以遇到光的颜色比较特殊的拍摄环境时，将白平衡设置为手动模式，才能拍出自然的效果。

偶尔可以利用光线颜色的变化，拍摄特殊效果的照片

照片若能再现电灯发出的暖光或天亮前的冷光等独特光线的颜色，将显得很生动。再如，拍摄夕阳时若修正了光线颜色，照片反而显得无趣。遇到类似情况时，较强的白平衡功能反而成了阻碍，应将其设置为自定义白平衡模式或手动白平衡模式。

根据光源不同，一般有晴天、阴天、白炽灯、荧光灯等模式，都可令光线变得自然。手动设置白平衡主要用于拍摄要求颜色非常缜密的画面。使用手动白平衡模式拍摄时，在现场拍摄光线下，用相机对准一张白纸，按下快门让相机识别此白色，用这种方法识别白平衡。

不管怎么说，对于入门级的新手来说，还是推荐使用自动白平衡。当摄影技术达到一定水平时，如果不满意使用自动白平衡模式拍摄的效果，再考虑使用其他白平衡功能也不迟。

Q 何时使用曝光补偿

如何才能拍出想要的亮度效果？

A 自动模式下易受背景亮度影响，想要拍摄好的亮度效果，就需要使用曝光补偿

使用曝光补偿调节亮度

0（无补偿）✕

+0.3档补偿 ✕

+0.7档补偿 ✕

逆光且背景较亮，如果不补偿曝光，拍出的照片会比实际场景还要暗。使用+0.7档补偿后，照片效果基本上与实际效果相同。

+1档补偿 ○

使用+1档曝光补偿后照片比实际场景显得亮，呈现出清新、明快的效果

用人像模式并且使用+1档曝光补偿后，拍摄出比实际场景亮的清新、明快的效果，母子的肌肤也显得光滑柔嫩。

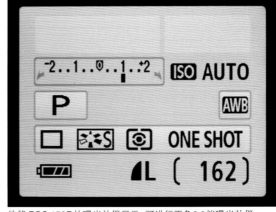

佳能 EOS 450D的曝光补偿显示。可进行正负2.0档曝光补偿。

使用曝光补偿调节亮度

一般来说，数码单反相机不需要太多设置，拍摄的照片的亮度都比较适宜。但根据拍摄情况不同，拍摄的照片有时也会出现比实际亮或比实际暗的不良效果，因为会受背景亮度的影响。比如，拍摄人物时，如果背景较亮，那么拍出的人物就会比较暗。此时就需要使用曝光补偿功能。曝光补偿功能就是调节照片亮度的功能，可以通过改变曝光补偿值来调节照片的明暗。

在上面的这组照片中，不用任何补偿时，相机内的测光表会受白墙背景影响，照片中的母子两人反而显暗了。及时使用曝光补偿后，照片中的母子两人就一点点地亮了起来。

如果想要拍出比相机自己判断的亮度还要亮的效果，就用正档补偿；反之需要更暗的效果时，就使用负档补偿。如此，通过使用曝光补偿来调节亮度。

根据颜色、光线选择不同的曝光值

 −0.7档补偿 ○  0（无补偿）×

夕阳·日出

调得暗些会更有氛围

在拍摄风景时，一般比较重视整体氛围，如果比实际暗，反而可以拍出好效果。特别是拍摄日出或夕阳时，照片效果变暗后红霞颜色变浓，富有情趣。也就是说，与实际相同的亮度在某些情况下未必是最好的效果，不断适时使用曝光补偿调整亮度，往往会有意外收获。

 +1档补偿 ○   0（无补偿）×

白花

拍摄白色花朵时需要正档曝光补偿

拍摄花类的曝光补偿值主要因颜色而变。当整个画面都被白色花朵占据时，若不进行正档曝光补偿将呈现灰色。即使有背景，也最好进行正档曝光补偿，以避免背景太暗，同时突出花的白色。

 +0.3档补偿 ○ 0（无补偿）×

红花

使用比白花小的曝光补偿

红色的反射率接近于测光基准值的灰色，所以并不需要太多曝光补偿。稍微补偿一点，就足以拍出接近于实际效果的鲜艳红色。

明确想要拍摄的理想效果

一般来说，只有在画面中有特别亮的事物时才调节亮度。当背景中有天空或照明物体时，照片中的被摄体会变暗，所以进行任何拍摄前都有必要确认被摄体的亮度。

那么，使用曝光补偿时，以哪部分的亮度为基准进行判断呢？主要是以被摄体为基准。比如，当拍摄人像时就观察人物面部的亮度；当拍摄风景等重视整体氛围的照片时，比实际暗的效果往往更好。总的来说，就是要先明确自己想要拍摄的理想效果，再进行相应的曝光补偿。

全自动模式下无法进行曝光补偿，注意要使用其他模式。

POINT

灵活使用曝光补偿

● 照片显暗时作正补偿调亮。

● 照片过亮时作负补偿调暗。

● 拍摄风景照片时作负补偿，效果会更好。

Q 什么情况下需要改变ISO感光度？

A 一般来说，自动模式就可以，但在光线较暗的场所手持相机拍摄时，适当设置ISO感光度比较好

ISO感光度越高，照片越亮

提高ISO感光度后，噪点增多，画质下降

提高ISO感光度后，很容易出现噪点。噪点增多后，画质下降，照片显得粗糙。可使用降噪功能能减轻噪点。

同等条件下，ISO感光度的改变会引起画面亮度的变化

下面的3张照片是使用同样的快门速度、光圈值拍摄的，但很明显照片亮度不同。ISO为200时的亮度比较适宜，而ISO为100时发暗，ISO为400时更亮。

ISO100

画面暗，但画质高。

ISO200

亮度适宜，效果好。

ISO400

画面明亮，但放大打印后可看见许多噪点。

ISO感光度的改变会引起照片的亮度变化

ISO感光度表示对光线的敏感程度，其变化会引起照片亮度的变化。使用同样的快门速度和光圈值组合拍摄照片，ISO感光度越高（数值越大），照片越明亮；反之，ISO感光度越低（数值越小），照片越暗。

ISO感光度低时，为了获取合适亮度，需要吸收大量的光。此时，或者降低快门速度，或者加大光圈以吸收更多的光。当ISO感光度高时，很少光量也能拍得很亮，因此快门速度会加快，光圈会缩小。

不过提高ISO感光度后易出噪点，建议不是特殊的情况不要将其设到ISO800。

一般来说，在明亮的场所拍摄时，为保持画质将ISO感光度调低；在昏暗场所拍摄时，为防手抖，可将ISO感光度调高。

尽量不要设置为ISO800

▲使用普通的ISO感光度拍摄，画面模糊

▲使用ISO400拍摄，抖动近乎消失，画面清晰

提高ISO感光度后，可以使用更快的快门速度

将ISO感光度调高后，用少量的光也能够拍出适宜亮度的照片，因此快门速度可以加快。提高ISO感光度用于在昏暗场所手持相机拍摄。

提高ISO感光度后，使用远摄镜头也可手持拍摄

使用远摄镜头时，易手抖且画面也易模糊。为了防止抖动需要更快的快门速度，这时只要调高ISO感光度，在同一光圈值下也可使用高速的快门速度。

使用低速快门速度时，降低ISO感光度

如果要拍摄被摄体抖动的画面，但即使缩小光圈也无法获得满意的快门速度，这时如果降低ISO感光度，将得到想要的快门速度，从而拍出满意的效果。

POINT

将ISO感光度设定为A后，相机可自动选择合适的ISO感光度

如果不熟悉调节ISO感光度的操作，可以将其设定为A。这样相机会自动根据被摄体的亮度而设定合适的ISO感光度，非常便于拍摄。当熟悉操作之后再试着自己调节ISO感光度。

要有意识地调节ISO感光度

通过调节ISO感光度可以更好地运用快门速度、光圈的不同的组合拍摄更丰富的效果，依据这样的原理；为了达到某种效果，可以有意识地使用ISO感光度。这种情况下，拍摄的要求不仅仅是拍摄成功，而是要在此基础上追求富有创意的拍摄效果。比如，在光线较为充足的户外为了抓拍高速运动着的物体，需要高速的快门速度时，就可以利用提高ISO感光度来提高快门速度。

如果想要抖动的效果怎么办呢？在昏暗场所拍摄时，无论如何都要使用慢的快门速度，但若在明亮场所拍摄，即使缩小光圈，快门速度也不能达到能带来抖动效果的慢速，这时只要将ISO感光度尽量调低，就可以得到想要的低速快门速度。

Q 如何才能准确合焦？

A 半按快门，再使用AF对焦锁定，就可以从很大程度上避免跑焦

成功半按快门的技巧

AF对焦锁定操作顺序

1 将被摄体对准AF对焦框

拍摄时尽量选择离目标拍摄点近的对焦框，然后将被摄体对准对焦框。

2 半按快门

半按下快门后，AF会自动工作，合焦后会发出提示音，并且取景器中的合焦确认指示灯同时闪亮。保持半按快门状态时，焦点不再移动。

← 将相机向左移一点

3 保持半按快门状态，重新取景构图后，完全按下快门

保持半按快门状态，再重新取景构图（将相机左移一点）后，完全按下快门，这时孩子前方留有一些空间的照片就拍摄成功了。

学会使用AF模式和AF对焦锁定

　　一般来说，数码单反相机只能对取景器内与对焦框重合的部分合焦，但要拍摄的物体未必与对焦框重合。这种情况的作用，最能体现AF对焦锁定的作用。

　　大部分相机都是半按快门后AF开始工作，选择被AF对焦框覆盖的被摄体合焦，合焦后焦点即被锁定。只要快门保持半按下状态，焦点就会一直被锁定不动，此时只要重新取景构图，然后完全按下快门就可以了。

使用AF模式也能拍摄动态被摄体

利用相机能够自动判断被摄体状况的模式

一些相机上有自动判断被摄体状况的AF模式，也就是相机可以判断被摄体是否在动，然后自动切换模式。

微距摄影时的合焦要慎重

进行微距摄影（如拍摄花朵）时合焦较难。离被摄体的距离越近，合焦范围越窄，相机稍微动一下或花被风吹摇一下都会跑焦，这时合焦要慎重。另外，此种情况下可以使用三脚架。

拍摄动态被摄体时用焦点预测AF对焦模式

拍摄运动着的物体时，最好用焦点预测AF对焦模式。使用AF-C时，虽然无法使用AF对焦锁定，但一次合焦后只要处于半按下快门状态，依然可以追着运动着的物体对焦。

拍摄运动着的物体时，使用焦点预测AF对焦模式

　　拍摄运动着的物体时，可将AF模式切换到焦点预测AF对焦模式。此时半按下快门后，相机会自动选择AF对焦框覆盖部分合焦。如果使用AF模式，一次合焦后焦点即被锁定不再变化；而焦点预测AF对焦时，即使合焦后，只要是半按快门，就会追着对焦框覆盖部分继续合焦。

　　如果使用AF模式，不合焦的话无法按下快门；但焦点预测AF对焦时，即便没有合焦也可以按下快门。

因厂商不同AF模式的名称不同		
	单次自动对焦	动态对焦
佳能	单次自动对焦	智能对焦
尼康	单点自动对焦	连续自动对焦
索尼	单次自动对焦	连续自动对焦
宾得	单点自动对焦	连续自动对焦
奥林巴斯	单点自动对焦	连续自动对焦

POINT

缩小光圈后能够拍摄清晰鲜明的画面

使用广角镜头时缩小光圈，就可以大范围合焦。画面清晰鲜明、整体合焦状态称为泛焦。此时一般将焦点对在画面底部向上1/3处。

Q **A**

花卉摄影技巧1

如何才能突出拍摄对象？

用长焦镜头将前景和背景虚化，或者用广角镜头贴近拍摄对象拍摄就可以

虚化前景和后景会衬得花朵更美丽

调节光圈可使虚化
效果发生变化

调节光圈，前景或背景的虚化程度就会发生变化。想要大范围的虚化时就调大光圈（显示数值变小），想要合焦范围大时就缩小光圈（显示数值变大）。

用摄远镜头模糊花的前景和背景后，可拍出较佳效果

用摄远镜头，调大光圈，就可以虚化花的前景和背景。光圈越大，合焦范围越小，前景和背景的虚化范围就越大，更能突出花朵，照片效果会更好。

 F2.4 拍摄对象花朵非常突出、鲜明。

 F2.8 花朵鲜明，背景虚化效果不错。

 F4.0 普通虚化效果。

 F5.6 有一点虚化效果，背景成为一体。

 F8.0 背景花朵较明显。

 F11 拍摄对象花朵不突出。

POINT

花卉摄影方法

● 使用长焦镜头时，增大光圈可使花朵的前后景虚化，以虚衬实。

● 使用广角镜头拍摄，会有很强的视觉效果。

用广角镜头近距离拍摄，即使很小的蒲公英也显得十分生动

贴近蒲公英拍摄后，通过与背景的对比，凸显了小小蒲公英的生命力。

用远摄镜头加大光圈拍摄，可得到虚化花朵前后景的效果

拍摄花卉的技巧之一就是充分利用虚化效果。将前景和背景虚化后，拍摄对象花朵就会显得突出、生动。想要大面积虚化，可以使用长焦镜头，并尽量加大光圈。

另外，若离拍摄对象较近，同时与前景和背景又有一些距离，拍摄的虚化效果会更好。在摄影时最好能综合考虑这些条件。

● 花卉摄影技巧2

Q 如何才能将花卉拍摄得更美？

A 多使用微距镜头等摄影器材，可以拍摄出意想不到的效果

如果只是偶尔拍摄花卉，使用中间环即可

中间环▲
比较便宜方便的器材。（图中为佳能近摄延长镜EF12Ⅱ）

微距镜头▼
使用微距镜头可拍摄高质量花卉照片。（图中为适马70mm F2.8 EXDG微距镜头）

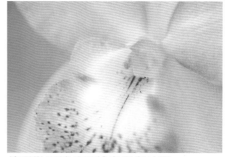

使用微距镜头可拍出很多特写
使用微距镜头可使花朵占据整幅画面，清晰刻画出一片一片的花瓣、花萼、花蕊等，充分表现花的造型美。

-0.3档曝光补偿 ✕

无曝光补偿 ✕

+0.3档曝光补偿 ○

-1档曝光补偿 ○

无曝光补偿 ✕

+1档曝光补偿 ✕

观察花的颜色，及时进行曝光补偿

当整个画面只有一种颜色的花时，因花的颜色不同会使效果过暗或者过明。比如拍摄黄色水仙时，就作正补偿；拍摄红色圣诞红时，就作负补偿，这样就可以拍出比较纯正的颜色。

POINT

充分使用微距拍摄和曝光补偿功能

● 用微距拍摄可放大花朵。

● 根据花的不同颜色而及时调整曝光补偿。

效果最好的是微距镜头

有几种方法可用于贴近拍摄花朵，以便得到花朵的放大效果。一是使用专门为近距离拍摄而设计的微距镜头，还可以在普通镜头和机身之间装中间环（近摄延长镜），三是在普通镜头的前端安装近摄镜头。

以上几种方法中，使用微距镜头拍摄的画质最好。但这种镜头比较贵，如果只是偶尔拍摄的话，推荐使用中间环。使用近摄镜头拍摄照片，有时画面周边会出现部分模糊。不管采用哪种办法，景深都会变得非常短。

另外拍摄花卉时，有时由于曝光不合适会出现白花太暗、红花太亮等问题，这时就需要进行曝光补偿。想要调亮，就作正补偿；反之想要更暗的效果，就作负补偿。最好在细微调整的同时从液晶显示器中查看结果。

Q **A**

近镜头特写的拍摄方法

如何拍好远处景物的近镜头特写效果？

有时是无法近距离靠近被摄体，所以最好的办法就是准备300mm左右的长焦镜头

大胆拍摄近镜头特写，收获意外效果

200mm

100mm

35mm

长焦镜头可拍远摄处景物的近镜头特写

想要近镜头特写拍远摄处景物，一般来说只有使用长焦镜头。虽说将照片拉长放大也不失为一种办法，但如果对画质要求较高的话，这并非一个可取的办法。并且最近高倍率标准镜头也已经基本普及，只需调到远摄一端就可以拍摄了。

POINT

使用长焦镜头时注意防抖

用长焦镜头拍摄近镜头特写时，手抖会比较明显，甚至有时被摄体会模糊不清，因此最好使用高速快门速度。同时稍微提高一些ISO感光度。

有远摄端开放、F值变暗的标准镜头

虽然有焦点距离范围改变但开放F值不变的标准镜头，但那样的镜头往往价格高、体积大、特别重。一般来说，初级入门者所使用的标准镜头，开放F值都会变化。在快门优先或手动模式下，使用高速快门时，望远端曝光量会减小，这一点需要注意。

最好拥有300mm的长焦镜头

无法接近被摄体，但又想拍摄近镜头特写时，就要使用长焦镜头。开始拍摄近镜头特写时，会有被摄体快要溢出取景框的感觉，此时往往就马上缩小取景。其实并不需要缩小，近镜头特写摄影时就要大胆取景，才能收获好效果。

如果拥有300mm的长焦镜头，就更理想。需要注意的是，远摄拍摄时景深变浅，被摄体稍微动一点儿都容易引起虚化，所以在合焦时要尽量慎重。

另外，使用标准镜头的远摄端时，光圈的开放F值会比广角端暗，容易手抖和曝光不足，拍摄时应多加注意。

什么情况下使用低速快门？

巧用低速快门

A 快门速度比较慢，可以拍摄出动态物体静止模糊的瞬间，适合表现流水效果等

想要效果满意，三脚架必不可少

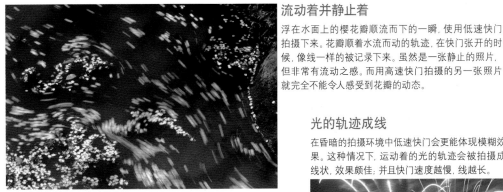

用低速快门拍摄流动着的花瓣

使用高速快门拍摄，看不出花瓣的动态

流动着并静止着

浮在水面上的樱花瓣顺流而下的一瞬，使用低速快门拍摄下来。花瓣顺着水流动的轨迹，在快门张开的时候，像线一样的被记录下来。虽然是一张静止的照片，但非常有流动之感。而用高速快门拍摄的另一张照片就完全不能令人感受到花瓣的动态。

光的轨迹成线

在昏暗的拍摄环境中低速快门会更能体现模糊效果。这种情况下，运动着的光的轨迹会被拍摄成线状，效果颇佳；并且快门速度越慢，线越长。

三脚架不可或缺

当快门速度过慢时，相机抖动会严重，此时必须使用三脚架。在使用时一定要拧好各个部位的螺丝，保证三脚架牢固。

想要得到模糊效果 可使用低速快门

使用低速快门会对拍摄有什么影响呢？首先是容易手抖，拍摄动态被摄体时，被摄体也会模糊。如果想拍摄出模糊效果，可以用低速快门。

大家经常看到的一些将流水拍摄得像云一样的照片，都是利用低速快门拍摄的。但使用低速快门拍摄这些效果的同时需要防抖，因此三脚架是必备的摄影器材。有了三脚架就可以放心地使用低速快门了。

低速快门虽然经常被用于拍摄流水，其实还完全可以用于拍摄随风而动的对象，甚至可用于人物摄影。

POINT

使用低速快门时配上ND滤镜会更方便

在光线明亮的户外拍摄时，即使缩小光圈并降低ISO感光度，有时也无法得到想要的模糊效果。这时可以使用不受被摄体颜色影响而只过滤光量的ND滤镜，这种没有颜色的灰滤镜会帮助拍摄者得到理想的模糊效果。

Q 巧用高速快门

什么时候适合使用高速快门?

A 拍摄运动着的对象时,或抓拍各个瞬间时使用

拍摄场所光线较暗时,可提高ISO感光度

使用高速快门可抓拍到动态的一瞬

当达到一定的高速度时,肉眼就会无法辨识对象。拍摄时如果使用高速快门,就可以抓拍到高速运动对象的每一瞬间,就好像让运动着的对象突然停下并定格在画面上一样。

使用高速快门抓拍人物运动中的一瞬,效果会更好

能够凝住人物运动中的一瞬是很棒的。使用高速快门捕捉动态中的每个难得瞬间,可以得到与低速快门截然不同的跃动感。

稍微提高ISO感光度,光线较暗的舞台背景也可拍摄成富于跃动感的照片

明亮的户外,打开光圈后就可以使用高速快门。但若在光线较暗的场所,只增大光圈,未必能够得到想要的高速快门。此时需要稍微提高ISO感光度,才能拍摄出理想效果。

POINT

不能同时使用高速快门与内置闪光灯

当快门达到一定速度时,无法使用内置闪光灯。一般来说,1/200秒左右的快门速度是闪光灯同步速度。机型不同,这个数值也各不相同。大部分相机在拍摄时,当内置闪光灯弹起后,就不能够再提高快门速度了。 外置闪光灯中有些带有高速快门同步功能,即在使用高速快门的同时也可以使用闪光灯。

拍摄出肉眼无法识别的高速运动瞬间

高速快门就是指很快的快门速度,那么达到多大的速度才属于高速快门呢?

多大的快门速度属于高速快门并无定论,但一般达到1/500秒或1/1000秒以上的速度后,就可以称为高速快门了。

使用高速快门能够清晰地再现物体高速运动中的瞬间,而这些瞬间是肉眼无法一一捕捉得到的。高速快门适用于拍摄体育运动照片或车辆行进照片,还可用于动态流水类风景摄影(如瀑布、波浪等)。

摄影场所光线不足时,通过增大光圈并提高ISO感光度,可以得到理想的高速快门。

●动态物体的拍摄方法1

Q 如何拍摄主体不动而背景流动的照片？

A 使用『追拍』这个小技巧就可以拍出动感的背景

多尝试，寻找合适的快门速度

保持被摄体大小不变，通过取景器追拍○

配合小狗的头部的运动进行追拍，就会拍到头部清晰、背景流动的照片。这张照片中虽然小狗的足部有些模糊，但头部很清晰。

× 使用高速快门并不能使背景流动起来

用高速快门拍摄的照片中，虽然被摄体比较清晰，但丝毫没有动感，画面并不生动。

AF模式下，使用焦点预测AF

在AF模式下时，最好使用可以连拍动态被摄体的焦点预测AF。单次AF时无法随着速度合焦会造成照片合焦不准。

自动对焦模式

单次AF

ONE SHOT   AI FOCUS   **AI SERVO**

POINT

追拍中并不仅仅是晃动相机，而是借助腰部力量移动相机

追拍时，并不是用手腕晃动相机，而是借助腰部转动来带动相机的晃动。这样就能够随着被摄体的运动而顺利移动相机。另外，选择合适的快门速度也非常重要，速度主要是依被摄体的运动速度而定，可以先试着用不同的速度拍摄，在试验中寻找合适的速度。

通过追拍得到的模糊背景表现动感

使用"追拍"技巧时并不是模糊被摄体，而是通过模糊的背景来表现被摄体的跃动感。能够预测被摄体的移动方向时使用"追拍"技巧尤为有效，该技巧多用于拍摄汽车、火车、奔跑的动物。

追拍的具体方法就是将焦点对准被摄体，边移动相机边通过取景器追踪物体，同时按下快门。这时为了模糊背景，曝光不要用高速快门，用稍微慢一些的快门。

这样被摄体就不会模糊，同时背景会模糊，从而有流动的效果。

但追拍时要避免被摄体模糊比较难，需要多次尝试。如果用较慢的快门速度来拍摄动态物体，经常在背景模糊的同时被摄体也模糊了。这时可用连拍功能多拍一些，再从中选出效果较好的照片。

Q 如何才能够拍摄好被摄体突然出现的瞬间？

A 提前将焦点对在预测的被摄体要出现的位置，等待被摄体进入对焦区，然后按下快门

按快门的时机是关键

拍摄顺序

1 将焦点对在预测位置

提前考虑好照片的取景构图，再在拍摄时将焦点对在预测的被摄体要出现的位置。

2 等待被摄体出现

等待被摄体进入对焦区。如果用AF对焦锁定等待，时间会较长，最好切换到MF（手动）。

3 在被摄体通过对焦区的一瞬间立即拍摄

当被摄体到达预测位置的瞬间，立即按下快门，一定要抓住时机。

POINT

抓住焦点对准被摄体的那一瞬

一般来说，更多的拍摄者都是将注意力集中在被摄体有没有到达对焦区，以此来判断按快门的时机。但其实更简单的方法是，将注意力集中在被摄体的焦点上，不要通过取景器盯住被摄体是不是到了对焦区，而是盯住焦点有没有对准被摄体。或许出乎意料，但这的确是个有效的办法。

在被摄体通过对焦区的一瞬间立即拍摄

在被摄体通过对焦区的一瞬间立即拍摄，这个拍摄技巧的操作比较难，适合拍摄能够提前预知运动轨迹的动态物体。

拍摄时，将焦点提前对在被摄体将要出现的位置，为保持焦点不动，最好设置为MF。在被摄体到达预测位置的一瞬间，立即按下快门，这样就可以清晰地拍到被摄体了。

能准确地捕捉到被摄体通过对焦区的一瞬间比较难，如果拍摄操作不熟练，一般都会或早或晚。如何把握按快门的时机，需要多加练习，熟能生巧。

使用闪光灯拍摄的注意事项

使用内置闪光灯拍不出理想效果怎么办？

Q 使用内置闪光灯拍不出理想效果怎么办？

A 一般来说，用自动模式就可以，但距离被摄体太近或太远时效果不太好

拍摄间距小于3米时可用内置闪光灯

靠近拍摄

离远后变暗了

内置闪光灯只能照到3米左右远

内置闪光灯无法照射到距离太远的被摄体。使用内置闪光灯时一定要注意与被摄体的距离。如果被摄体太远，闪光灯无法发挥作用，被摄体会较暗。一般来说，闪光灯和被摄体的间距在3米以内较好。

闪光灯拍摄

太近了也不好看

使用微距镜头近距离拍摄时，不适合使用内置闪光灯，如果距离被摄体太近，闪光灯的光太强，会使画面发白，反而影响效果。

不用闪光灯拍摄

即使白天也可适当使用闪光灯

逆光拍摄时被摄体往往显得较黑，这时可使用闪光灯。设成自动模式后，相机会自动调节发光量。这时也要注意闪光灯与被摄体的距离。

POINT

不要带着镜头遮光罩拍摄

用内置闪光灯拍摄时一定要摘掉镜头遮光罩。这是因为带着镜头遮光罩的同时闪亮闪光灯后，一部分光将被镜头遮光罩遮挡，拍摄出来的照片上会产生阴影。

闪光灯离被摄体太远时不能发挥作用

数码单反相机的内置闪光灯不用拍摄者设置，能够自动根据被摄体来调节光量。但内置闪光灯能发挥作用的范围一般在距离被摄体3米之内。如果更远的距离，不管是多么高级的相机，内置闪光灯也都无能为力。

相反，如果相机距离被摄体太近，拍摄效果也不好。微距摄影（如拍摄花类）时，如果使用闪光灯，有时会因光线过强而使花的颜色变白。

另外，不只是夜晚，白天其实也可以使用闪光灯。比如，当逆光时，拍摄对象一般显得较暗，这时使用闪光灯会有很好的效果。一般来说，当设定为自动模式或人像模式时，相机会自动判断，然后闪光灯才会起用。

Q

A

● 夜景拍摄方法

总是拍不出理想的夜景效果怎么办？

拍摄夜景时防抖很重要，最好使用三脚架固定住相机；还要注意拍摄时间的选择

用快门线或遥控器拍摄

使用三脚架拍摄，画面清晰

手持相机拍摄，画面有些模糊

手持相机拍摄夜景，容易成像模糊

拍摄夜景时尽量使用三脚架。另外要注意是否拧紧各部位的螺丝，确认三脚架稳固牢靠，否则即使用三脚架，也会晃动令照片模糊。

噪点减少

有噪点

使用降噪可减少噪点

启用降噪功能后，在拍摄后相机会自动除噪。拍摄夜景时易出噪点，推荐多使用此功能。

使用降噪

拍摄夜景要注意防抖和降噪

　　一般的入门机型，设定为P或自动模式后，相机都会自动选择机震程度小的快门速度。但拍摄夜景时大多需要用低速快门，这种情况下如果没有三脚架，无法防抖。另外，由于曝光时间长，还易出现噪点，这些都是白天拍摄时少有的问题。

　　使用三脚架时一定要确认三脚架各部位的螺丝是否已经拧紧，是否稳固牢靠，否则使用三脚架也没有意义。如果用手去按相机快门，也容易引起相机晃动，这时可以使用快门线或遥控器操作，这样不接触相机也可按下快门。如果没有快门线或遥控器，也可以使用定时拍摄功能。

在日落时间段拍摄更富情趣的夜景照片

时间段不同，同样构图夜景的感觉也不同

天空中还有一丝光亮 　刚刚日落时

天一点点地变暗 　日落5分钟后

天暗了下来，城市灯光明显 　日落10分钟后

从同一位置拍摄的同样构图的夜景。只因拍摄时间不同，给人的感觉也不尽相同。特别是日落后30分钟内，天空的"表情"会不断变化，夜景和天空颜色可以有很多种组合，呈现不同意境。

夜景人像拍摄时使用低速快门同步

▶ 使用普通快门同步时背景较暗

▶ 使用低速快门同步时背景较亮

以夜景为背景拍摄人物时，使用低速快门同步。如果使用普通快门同步模式，容易只将人物拍得明亮而背景较暗。用低速快门同步后，人物和背景的亮度和谐，效果佳。低速快门同步摄影的拍摄方法是在拍摄人物时，降低快门速度，使背景更亮；同时通过闪光灯，使人物也变亮，这样使最终的人物和背景的亮度和谐。

天空中还留有一丝光亮时拍摄的夜景效果好

　　ISO感光度越高，或者快门速度越慢，越容易出现噪点。所以，尽量不要将ISO感光度设得太高，也要避免使用过慢的快门速度。如果比较担心噪点问题，可以启用降噪功能，就能在一定程度上减少噪点。

　　一说起"夜景拍摄"，很多人往往联想到天完全黑下来之后拍摄的景象。其实如果在太阳刚刚落下的时间段拍摄，天空还带一点颜色的夜景是很漂亮的。天完全黑下来之后，天空的部分在照片上就成了漆黑的一块，缺乏情趣。所以拍摄夜景时推荐天空呈现多层次颜色的黄昏。

POINT

降噪较费时间

启用降噪功能后，使用一定速度的低速快门拍摄时，相机会自动降噪，而降噪需要等待一段时间，这期间无法继续拍摄。降噪时间与拍摄时的快门速度所需时间大致相同。比如，用10秒的快门速度拍摄后，10秒就会被用于降噪，这10秒之内注意不要继续拍摄。

Q A

● 避免反光的方法

照片中的玻璃上有闪光灯的反光怎么办？

尽量贴近玻璃拍摄，或者转换角度后斜着拍摄

在窗边拍摄时要注意室内光线

距离窗户30cm处拍摄

贴近窗户拍摄

玻璃拍摄，不反光、效果佳

本想隔着窗户拍摄夜景，但由于是在光线较明亮的室内，窗户上映出的人影和室内景象也都被拍摄到照片中（左图）。这时只要贴近窗户拍摄（右图）就可以避免这些干扰因素了。拍摄时可以使用广角拍摄，镜头要几乎贴到了玻璃上。

变换拍摄角度，避免闪光灯的反光

无法离玻璃太近的情况下，从正面拍摄时照片上必将出现闪光灯的反光。这时就要尝试从其他角度拍摄，避免反光。

没有闪光灯的反光

有闪光灯的反光

POINT

拍摄者需注意着装颜色

如果想避免窗户的玻璃反射室内的景物，拍摄者还要注意自己衣服的颜色。如果拍摄者穿着亮色衣服，衣服的颜色会反射到玻璃上。因此，隔着窗户拍摄夜景时，拍摄者最好穿深色衣服。

避开出现闪光灯反光的拍摄角度

在昏暗场所一般都是用闪光灯拍摄，但当被摄体处于玻璃之后时，往往反射在玻璃上的闪光灯光会被摄进照片。为了避免这些，就需要在构图时花些功夫。

一种方法就是贴近玻璃拍摄，将镜头尽可能的靠近玻璃后就不会反光了；还有一个就是转换拍摄角度，尽量不要从正面拍摄。

这种情况下可以多拍几次，确认玻璃的反光部分，然后构图时躲开那一部分就可以了。但使用这个方法时，用广角拍摄反光部分仍然比较容易进入画面，需要多加注意。

CHAPTER 3

解决
您的疑问!

处理拍完的照片才更有意思! 电脑不在行的人也能学会!

数码单反
电脑操作篇

解说／稻叶利二

Q 没有电脑不行吗?

Q Windows Vista是什么?

Q 为了让电脑的操作比较流畅, 需要做什么准备工作?

Q 如何才能将照片导入电脑中?

Q 应该把照片保存在电脑的什么位置?

Q 照片太多, 而电脑的硬盘容量有限, 该怎么办?

Q 如何在Windows XP系统中查看照片?

Q 如何整理照片会便于随时迅速查找照片?

Q 把数码照片只保存在硬盘里就可以吗?

Q Windows Vista有什么新的管理照片的功能?

Q 选择什么样的软件才能更好地管理照片?

Q 有什么更好的管理照片的方法?

Q RAW格式的照片有什么特点?

Q 如何才能自由地编辑、加工数码照片?

Q 编辑图像时需要注意什么?

Q 用邮件发送照片时需要注意什么?

Q 没有电脑不行吗？

● 电脑的必要性

A 不是不行，而是有了电脑会使数码相机的优势更明显

如果能充分利用电脑，还会增添很多摄影乐趣。

电脑会使数码相机的优势更明显

用电脑保存照片

电脑不可或缺的一个原因就是，需要用它来读取相机内的照片。读取后存储卡内的记录可以删除，以便下次拍摄。另外，可在电脑里进行整理加工读取后的照片。

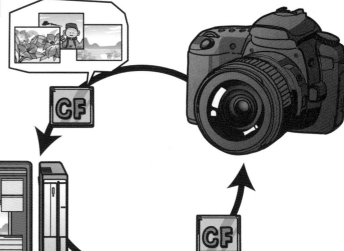

用电脑浏览照片

保存到电脑里后，任何时候都可以浏览照片。不只是浏览，还可以整理、加工、打印等等。

电脑的其他用途

- 用打印机打印照片
- 照片处理（修复、调整、加工）
- 通过邮件或博客与他人分享
- 保存于CD或DVD中，分发给他人

读取照片到电脑中并浏览

数码相机和胶卷相机的一个最大区别就是，数码相机离不开电脑。虽然可以把拍摄的照片交给专门的图片社处理，或使用打印机打印而不使用电脑处理，但那样会让用数码相机拍摄的便利和乐趣少很多。使用电脑时最重要的功能就是读取存储卡内的照片。这样，一张存储卡就可以反复使用了。

使用胶卷相机拍摄的照片只能洗出来后再看，而使用数码相机拍摄的照片不仅可以随时在电脑显示器中浏览，甚至能够将照片的局部放大来看，或者和其他照片摆在一起比较着看，这些操作都变得异常简单。

有了电脑后，就可以随心所欲地管理照片，大大增添了摄影乐趣。

Q **A**

Windows操作系统

强化了照片、动画等一系列丰富功能

Windows Vista是什么?

从Windows XP到Windows Vista

Windows Vista界面的特点

与XP相比,Vista的界面、图标等的设计都更精美。窗口边框半透明,可以看到当前窗口后面的其他窗口和背景,确认或切换都很方便(这称作Windows Aero)。右边是一些小配件(Gadget),也就是有各种功能的小软件。若显示器是宽屏的,使用会更方便。

打开的窗口呈立体视图式堆叠(Windows Flip 3D)。即使开了很多窗口,前后界面也可以自由移动。

Windows XP的界面

以蓝色为基调的界面。窗口左侧的"任务栏"功能,在Vista中变成了"命令行窗口"。

Vista因用途不同而分为4种

●**Home Basic**(家庭普通版)
拥有最低限度功能的廉价版本。
●**Home Premium**(家庭高级版)
搭载一系列丰富娱乐功能,面向大众的版本。
●**Ultimate**(旗舰版)
集面向大众及面向企业的所有功能于一身的高级版本。
●**Business**(商用版)
省去了娱乐功能,而强化了安全功能。面向企业的版本。

Vista的安装系统要求

	最低系统要求	推荐系统要求
CPU	800MHz	1GHz
内存	512MB	1GB
HDD	20GB(可用空间15GB)	40GB(可用空间15GB)
显卡	兼容DirectX9	支持WDDM驱动程序128MB
光驱	DVD-ROM光驱	

能够支持Vista的电脑一般贴有"Windows Vista Capable或者Premium Ready PC的标签。

不必急于更换电脑中的现用系统

　　Windows XP是目前广泛使用的操作系统,相比之下,升级版本的Windows Vista系统对电脑配置要求很高,最好能达到推荐系统要求2倍以上。另外,Vista因为刚刚上市不久,很多软件和器材还不能支持Vista,会有过渡期。所以,没有必要急于购买或升级为Vista。

POINT

安装Vista

1 需要最新且高性能的电脑。

2 很多软件虽然都可以使用,但距离真正对应Vista还需要一段时间。

3 不必急于更换电脑中的现用系统。

Q ● 电脑的准备工作

A

为了让电脑的操作比较流畅，需要做什么准备工作？

电脑不必特别好，但内存速度越快，并且硬盘空间越大，使用会越舒服

检查内存速度和硬盘空间

最好挑选优质显示器

当前的主流显示器为17英寸，还有19英寸的，最近还出现了不少宽屏显示器。若长时间浏览照片，最好选择亮度适宜的显示屏，不要选择表面像玻璃一样亮的显示屏。

CD/DVD驱动

内置读卡器

移动硬盘

硬盘

电脑中保存数码照片的场所是硬盘（即HDD）。需要保存的照片数量往往很多，所以硬盘空间越大越好。也可以通过移动硬盘来扩充硬盘空间，所以不必太在意电脑本身硬盘的大小。

本地硬盘
（C:）

要经常查看剩余空间，如果只剩下整体容量的1%大小，就需要想办法增加剩余空间。

CPU与内存

CPU是电脑的关键，当然性能越高越好，不过只要是近两三年内买的电脑，一般CPU都不错。内存至少要512MB以上（最好达到1~2GB），在电脑中操作时速度才够快。

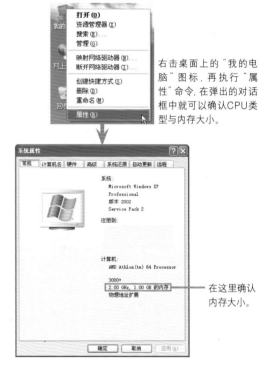

右击桌面上的"我的电脑"图标，再执行"属性"命令，在弹出的对话框中就可以确认CPU类型与内存大小。

在这里确认内存大小。

不需要特别高级的电脑，但硬盘和内存的容量越大越好

整理加工数码照片并不需要多么高级的电脑。操作系统为Windows XP的电脑就足够用了，但硬盘和内存的容量越大越好，如果有能够将照片备份到DVD-R的功能就已经十分完美了。电脑读取相机内的照片时，可以用USB接线读取，不过用读卡器会更方便。

虽然并不需要急于更换成Vista，但XP之前版本的操作系统确实缺少很多功能，不少软件也无法使用，还是有必要更换为XP版本的。

使用读卡器可以轻松读取存储卡

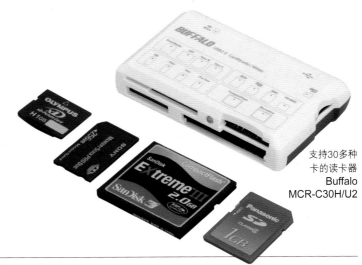

外置读卡器

现在很多电脑都内置有读卡器。如果不带的话，可以另外购买外置读卡器。用USB接线连上后就可以使用，能同时读取多种存储卡，价格也便宜，非常方便。

带插槽的笔记本电脑

支持30多种卡的读卡器 Buffalo MCR-C30H/U2

注意SDHC 存储卡

最近市场上出现了新规格存储卡，如SDHC、xD存储卡Type H等。如果使用并不支持这些新型卡的读卡器读取，会出现各种问题。在使用这些新型卡时一定要注意确认读卡器是否支持。

确认读卡器是否连上电脑

用USB连接线将读卡器与电脑连接后，打开"我的电脑"窗口。若连接没有问题，在"有可移动存储的设备"组中会出现新的图标（卡没有插入的话无法打开）。

"我的电脑"窗口中显示读卡器的插口数量，有几个插口就有几个图标。

在"开始"菜单中执行"我的电脑"命令。

用USB连接线连接读卡器与电脑。

POINT

什么样的电脑配置能够更便于处理照片？

① 内存和硬盘的容量都大。

② 有一个读卡器会更便于读取存储卡中的照片。

③ 如果使用Windows XP 之前版本的操作系统，需要升级。

用于照片处理的器材还有哪些

能够将过去的照片数码化的"扫描仪"

扫描仪能够将打印机打出来的照片和胶卷洗出来的照片拷贝下来变成数码照片。专用的胶卷扫描仪已经渐渐退出市场，平板扫描仪已成为主流。

打印照片必需的"打印机"

数码照片处理不可或缺的就是打印机。目前，能够打印A3大小照片的打印机和带有扫描功能的复合打印机很受欢迎。

令操作方便的"鼠标"

即便使用笔记本电脑，也还是用鼠标操作方便。接到USB口上就可以使用。

硬盘、DVD等"外接驱动"

如果无法将照片刻录到DVD-R里，或硬盘容量不够时，就可以用外接驱动。当然更换内置驱动也是一种方法。

Q ● 读取照片 如何才能将照片导入电脑中？

A 将相机或存储卡与电脑连接，然后在弹出的『自动播放』对话框中选择操作就可以

将相机连到电脑后，电脑会自动识别

比较典型的两种连接相机与电脑的方法

取出存储卡后将存储卡与电脑连接

如果需要经常读取照片，推荐使用读卡器。插入时注意卡的正反面，并确认是否插到底部。

用USB接线直接连接相机与电脑

要注意相机电量是否充足，要在相机电量足够时读取，或者连接到AC适配器后读取。如果电脑主机的正面有USB接口，会很方便。

如果电脑中装有编辑照片的软件，一般会自动启动照片读取功能。

插入存储卡后，弹出"自动播放"对话框

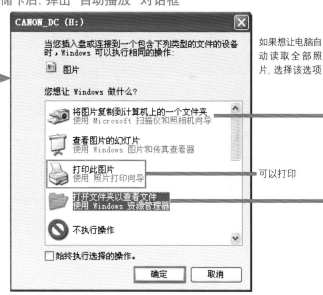

CANON_DC (H:)

当您插入盘或连接到一个包含下列类型的文件的设备时，Windows 可以执行相同的操作：

图片

您想让 Windows 做什么？

- 将图片复制到计算机上的一个文件夹
  使用 Microsoft 扫描仪和照相机向导
- 查看图片的幻灯片
  使用 Windows 图片和传真查看器
- 打印此图片
  使用 照片打印向导
- 打开文件夹以查看文件
  使用 Windows 资源管理器
- 不执行操作

□ 始终执行选择的操作。

确定　　取消

如果想让电脑自动读取全部照片，选择该选项

可以打印

可在弹出的"自动播放"对话框中选择下一步操作

POINT

读取照片

① 选择"自动播放"对话框中的"文件夹"选项。

② 将照片导入相机内也叫"保存"或"复制"。

③ 将照片保存到"图片收藏"文件夹。

将数码相机直接与电脑相连就可读取照片

要想用电脑对照片进行各种处理，首先就需要将照片导入（复制到）电脑内。此时既可以直接将数码相机与电脑连接，也可以将存储卡与电脑连接。

在Windows XP系统下，电脑识别出数码相机或存储卡后，会弹出"自动播放"对话框，在该对话框中有多种读取照片的方式可供选择。

导入照片后先确认是否保存到了电脑中，然后删除存储卡上的照片。删除文件后的存储卡可用于下次拍摄。

通过"自动播放"对话框读取照片

自动读取照片时

选择"打开文件夹显示文件"选项,接着连续单击几次"下一步"按钮,照片就会被自动保存到电脑的"图片收藏"文件夹内。自动读取时,照片的文件名也会自动设置。

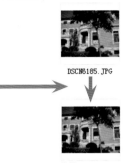

DSCN6185.JPG

旅行0503 003.JPG

① 显示存储卡中的照片。若不想读取某张照片,就取消勾选照片右上角的复选框。

② 在第1个文本框中输入名称(这里输入"旅行0503")。读取结束后,"图片收藏"文件夹中会自动生成同名文件夹,读取的照片都在同名文件夹内。

③ 照片的文件名都被自动设为"旅行0503 003",形式为"输入的名称"+"编号"。

手动选择要读取的照片时

自动读取时照片名称会自动生成,保存位置也是预先设定的。如果选择"打开文件夹显示文件"选项,就可以自由选择想要保存的照片和保存位置。

再双击文件夹 双击文件夹

① 存储卡内的照片一般自动导入到名为DCIM的文件夹中。依次双击文件夹,打开后就可以看到照片。

拖动

② 打开想要保存的文件夹(这里选择"图片收藏"),然后将包含照片的文件夹移到打开的文件夹中,照片就保存了。最后不要忘记重新打开文件夹确认一下。

导完照片后的存储卡应该怎么办?

格式化

格式化CF卡

3.8 GB

已使用 304 KB

取消　　OK

确认卡内照片已经完全导入电脑中后,就可以清除照片并用于下次拍摄了。用电脑格式化存储卡容易出现问题,将卡重新插入相机,然后在相机里全部删除照片或格式化存储卡都可以。

不要急于拔出相机或存储卡

如果是在传送数据时(此时一般灯亮着)拔出,有可能造成相机出问题或存储卡坏掉。现在,一些读卡器只要不是正在工作中,就可以拔出,但为了安全起见还是先单击"安全地删除硬件",再拔出较好。

安全删除硬件(S)

安全地移除硬件
'USB Mass Storage Device'设备现在可安全地从系统移除。

单击桌面右下角处的"安全地删除硬件",出现"现在可以安全删除硬件"的提示后,就可以拔出了。

Q 应该把照片保存在电脑的什么位置？

A 一般来说，照片都保存在『图片收藏』文件夹中较好

将照片保存到"图片收藏"文件夹

① 自己的文章或照片文件一般都保存到"我的文档"文件夹中。"图片收藏"文件夹也在"我的文档"文件夹中。

② 这是"图片收藏"窗口。它与"我的文档"文件夹的图标不同，可以直接看到部分照片。

③ 双击包含照片的文件夹图标，就可以浏览照片。

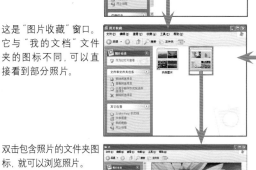

"图片收藏"文件夹在"我的文档"文件夹中

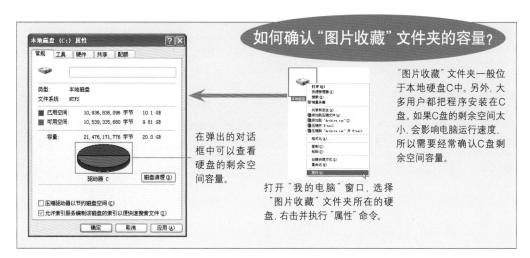

打开"开始菜单"，执行"我的文档"命令，在弹出的窗口中可见到其中的内容。可用同样的方法打开"我的电脑"窗口和"图片收藏"窗口。

如何确认"图片收藏"文件夹的容量？

在弹出的对话框中可以查看硬盘的剩余空间容量。

打开"我的电脑"窗口，选择"图片收藏"文件夹所在的硬盘，右击并执行"属性"命令。

"图片收藏"文件夹一般位于本地硬盘C中。另外，大多用户都把程序安装在C盘。如果C盘的剩余空间太小，会影响电脑运行速度，所以需要经常确认C盘剩余空间容量。

POINT

保存照片时

① 将照片固定保存在一个位置，便于整理。

② 一般将照片保存到"图片收藏"文件夹。

③ 不要忘记定期检查硬盘剩余容量。

定期检查硬盘剩余容量

将照片保存到一个固定的位置，可以方便查找。保存文件一般使用"我的文档"文件夹，照片最好保存在"图片收藏"文件夹中。在Windows系统中的自动读取照片或在各种处理照片的软件中操作时都默认自动将保存位置设为"图片收藏"文件夹。

随着照片的增多，"图片收藏"文件夹中的照片会越来越多，需要定期检查一下"图片收藏"文件夹所在硬盘的剩余容量。

● 增加硬盘容量

照片太多，而电脑的硬盘容量有限，该怎么办？

购买移动硬盘，用于保存照片就可以了

用USB接线连接电脑和移动硬盘

连接移动硬盘

用USB连接线连接电脑和移动硬盘，先连接硬盘，后连接电脑，再连接电源。

电脑识别出硬盘后，"我的电脑"窗口中就会有新的硬盘图标出现（这里的本地磁盘D为移动硬盘）。

用移动硬盘可轻松增加容量

如果使用带USB接口的移动硬盘，只需用接线连接到电脑就可以。目前也出现了插电源与电脑连动的新产品，容量为160~750GB，可依自身需求选购。

容量
160GB
320GB
500GB

如果对安全性要求很高，就选择支持RAID的硬盘！

支持RAID的硬盘
RHD2-U500

RAID功能就是将同一数据分别保存在两个硬盘上，一个硬盘损坏后可以使用备份数据。支持RAID的硬盘如果是500GB，实际上只能保存250GB的数据，但基本不会有数据丢失，还是很有使用价值的。

容量
500GB
1000GB

打开硬盘，将想要保存的资料拖曳至硬盘中即可

在使用方法上，移动硬盘和内置硬盘并无区别。在硬盘间移动照片（如从C到D），也就是复制照片。注意不要过多复制，避免造成重复保存。

拖动

使用移动硬盘可以保存大量照片

当"图片收藏"文件夹所在硬盘的剩余空间不多时，可以删除该文件夹中不要的照片，或者将照片刻录到DVD光盘中，这样可使电脑中的硬盘有更多可用空间。但随着照片的增多，这个办法不是很有效，可以使用移动硬盘专门保存照片。

这样，即使电脑内部出现什么故障，保存在移动硬盘内的照片也不会受什么影响，只要用接线将其连到其他电脑上就可以照常使用。

不过移动硬盘较容易坏，而且寿命较短，一般为2~5年，须注意及时更换。

POINT

当硬盘容量不足时

① 可以用移动硬盘来存储照片。

② 如果使用移动硬盘存储照片，即使电脑出了问题，移动硬盘也不会受影响。

③ 移动硬盘的寿命一般比较短，注意及时更换移动硬盘。

Q 照片的查看方法

如何在Windows XP系统中查看照片？

A 在保存照片的文件夹中执行『查看』菜单中的『缩略图』命令，就可以轻松浏览照片的缩略图了

浏览JPEG格式的照片不需要其他软件

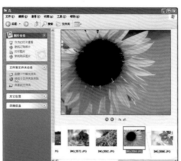

"幻灯片"显示

"图片收藏"文件夹专用的显示形式

在"图片收藏"中，照片显示为"幻灯片"形式：一张大照片显示在上方，下面是一些照片的缩略图。可以用方向键从下方的缩略图中选择，单击选择的照片后就可显示为大的照片，再进行浏览。

"缩略图"显示

适合同时浏览多张照片

执行"查看>缩略图"命令后，所有的照片都会同时显示出来。这样使确认、复制、删除、移动等操作都变得异常轻松。照片越多，这种显示方法越比"幻灯片"方式方便。

"图片和传真查看器"窗口

可放大照片浏览

默认情况下，在Windows系统中双击照片后，就会出现"Windows图片和传真查看器"窗口。不仅可以浏览，还可以放大、缩小或以幻灯片方式显示照片。如果电脑中装有其他管理照片的软件，双击照片后出现的也可能是其他软件的界面。但此时不能对照片进行调整或加工。

（下方按钮的功能）	⑤放大
❶上一个图像	⑥缩小
❷下一个图像	⑦顺时针旋转
❸最合适	⑧逆时针旋转
❹开始幻灯片	⑨删除

POINT

用XP查看照片

① 用"缩略图"方式可以同时查看所有照片。

② "图片收藏"文件夹内的照片会自动以幻灯片方式显示。

③ 双击照片后，会自动在"Windows图片和传真查看器"中放大显示。

Windows自带的图像显示功能就好用

在电脑中打开保存照片的文件夹后，文件默认以"图标"形式显示。但这样不能看到照片的内容，还需要从"查看"菜单中选择不同的显示方法。

如果要同时确认很多照片，推荐使用"缩略图"方式显示。所有照片的缩略图可以同时显现在页面上，一目了然。当照片在CD-R中时，读取照片会等待一段时间。

选择适合自己的照片分类规则

照片文件的整理

Q 如何整理照片会便于随时迅速查找照片？

A 将照片分类保存在不同的文件夹中，并且每个文件夹都用『主题』和『日期』命名

同时利用"日期"和"主题"管理照片

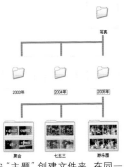

先按"主题"创建文件夹，在同一"主题"文件夹中再按"日期"分类（反之先按"日期"再按"主题"分类也可）。这样照片就比较容易查找。除此之外，可按所拍照片的特点，找出适合的分类方法。

按"主题"分类创建文件夹管理照片

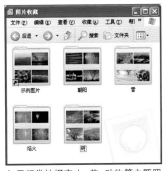

如果经常拍摄家人、花、动物等主题照片，就可以分主题创建文件夹。另外，按照"旅游"、"比赛"等拍摄状况分类整理也不错。

按"拍摄日期"分类创建文件夹管理照片

最简单的就是以"拍摄日期"（或导入照片日期）为文件夹名分类的方法。这种形式也方便别人查找照片。

② 这时文件名部分就变成可编辑状态。输入"文件名"和数字（1）。当数字是1或01的形式时，电脑无法识别数字。

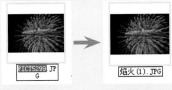

③ 确定文件名后，第二个以后的文件名的末尾会自动插入数字（2）（3）…若没有输入数字（1），则最初的文件末尾不会出现数字。

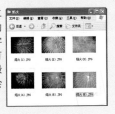

可以一次更改所有的文件名吗？

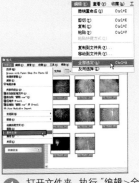

① 打开文件夹，执行"编辑>全选"命令。再执行"文件>重命名"命令。

虽然在导入照片时可以更改名称，但往往在导入并对照片进行移动、删除等管理操作后会改名。方法是，将照片存在文件夹里，利用Windows XP的重命名功能，可以一次更改所有文件名。如果需要更好更方便的功能，还是需装其他软件。

灵活使用文件夹给照片分类

　　将大量的照片分类并保存在不同的文件夹中是一个不错的整理办法。文件夹就像电脑中的一个个"箱子"，可以在电脑中制作几个"箱子"并为其命名，用来分类整理照片，这样便于查找照片。

　　在文件夹中可以再创建文件夹，所以在按"主题"分类的文件夹中，可以再按"拍摄日期"创建文件夹。这样会更易于管理。

　　不过最重要的是，要找到最适合自己的整理方法。

POINT

整理、保存照片时

1 按"主题"、"拍摄日期"等分类创建文件夹管理。

2 拍摄照片后，要尽量马上整理。

3 自己制定的整理规则要简单，否则不容易遵守执行。

照片文件的备份

把数码照片只保存在硬盘里就可以吗？

将照片备份到DVD或CD中，才能避免发生意外而导致文件丢失

种类多不知道该选哪种时，选DVD-R就可以

保存到DVD-R，就不怕意外了

目前DVD-R的价格和容量还都让人满意。复制文件时，复制的备份越多越好。为了便于在备份文件中查找照片，可以在每张盘上标记光盘的内容和拍摄日期，并要将光盘保存在避光处。使用专门保存光盘的盒子，会更容易整理，也不会划伤盘面。

DVD-RW `4.7GB`

可反复使用的DVD，但比DVD-R要贵2～3倍。与DVD-RAM外观相似，但驱动有时不同，需要注意。

DVD-R `4.7GB`

一次可刻录的数据大约是CD-R的6倍，已经和CD-R一样普及，应用范围广，价格也比较合理。

CD-R `700MB`

只可使用一次，是当前使用范围最广的，价格便宜，适用于中转文件。

"蓝光光盘"、HD-DVD
等新一代光盘

新一代光盘的容量已经相当大，如"蓝光光盘"已达到单层25GB的容量，双层则有50GB的容量，HD-DVD大概也能达到单层20GB，而双层40GB的容量。

看看自己的驱动能使用什么样的光盘

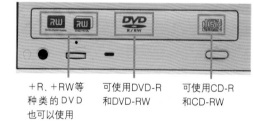

+R、+RW等种类的DVD也可以使用

可使用DVD-R和DVD-RW

可使用CD-R和CD-RW

DVD MULTI RECORDER

绝大多数的DVD都可以使用

电脑不同，能使用的光盘也不同。查看这些标志，就可以确认自己的电脑可以使用哪些光盘。如果不能读写DVD-R，也可使用外接驱动。

重要的照片用DVD-R多进行备份

硬盘是有一定使用年限的消耗品，所以存储在硬盘中的照片不能长期不管，否则很容易在不经意期间丢掉宝贵的照片资料。

另外，可能因操作失误将照片删除，或对照片进行处理后直接保存而丢失原文件等。所以如果想长时间保存照片，就需要将照片备份到DVD-R中。建议将比较珍贵的有意义的照片保存到DVD-R中，将日常使用的照片和需要加工处理的照片保存在硬盘中。

如果使用CD-R进行备份，缺点是容量太小，但价格低廉，合适备份少量的照片，如把自己拍的照片备份给别人分享等。

在Windows XP中将照片刻入CD-R的方法

1 将空白的CD-R放入刻录机中后,会自动弹出"自动播放"窗口,选择"打开写入可能的CD文件",然后单击OK按钮,这时空白CD就被打开了。或者在"我的电脑"窗口中双击CD或DVD驱动的图标也可打开。

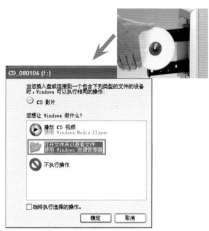

2 将照片拖曳到空白CD-R中,或者在左侧的"图像的任务"任务窗格中单击"复制到CD"选项。

拖动

3 仔细看会发现文件夹呈半透明状态。这表示还没有真正刻录到CD-R中,仍然可以添加或删除照片。

4 执行"文件>将这些文件刻入CD"命令后,就启动了CD的刻录功能,开始向CD-R中刻录内容。刻录成功后,光驱会自动打开,弹出光盘。从任务格中可以执行刻录操作。

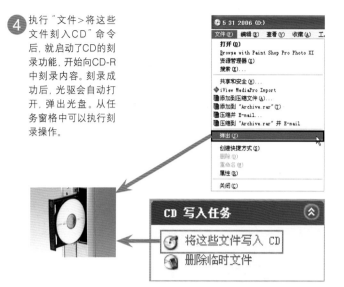

只要还有剩余空间, 就可以继续刻录

只能使用一次的光盘,并不是指只能刻录一次,只要还有剩余空间,就可以不断继续刻录。刻录方法和第一次完全相同,但最好使用同一台电脑刻录比较安全。

等待刻录的照片文件夹

已经刻录的文件夹

使用刻录软件刻录DVD-R

拖动

刻录方法相同。启动软件,选择"数据的光盘刻入"功能,然后将文件拖曳过去。

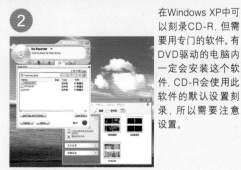

单击"刻录"按钮,随即开始刻录。

在Windows XP中可以刻录CD-R,但需要用专门的软件。有DVD驱动的电脑内一定会安装这个软件,CD-R会使用此软件的默认设置刻录,所以需要注意设置。

POINT

照片的备份很重要

1 尽量及时进行备份。宝贵的照片要进行备份才放心。

2 在Windows XP中刻录DVD-R时需要刻录软件。(Windows Vista中可直接刻录)

3 尽量不要使用特别便宜的光盘。

4 保存光盘时要避光,而且不要用笔尖很尖的笔在盘面上写字。

Q **A**

● Windows Vista 的新功能

Windows Vista 有什么新的管理照片的功能？

当于一款整理加工照片的软件

『Windows 图片收藏夹』基本上相

用"Windows 图片收藏夹"管理照片

"Windows 图片收藏夹"的功能

在Windows Vista中使用"Windows 图片收藏夹"取代了Windows XP中的"图片和传真查看器",可以轻松管理电脑中的照片或录像。一般来说,可显示电脑内所有照片,也可以按种类显示。另外,使用名为tag的标签可以按花、海、风景等种类分类,还可以按★的个数评价照片。
只需将光标悬停在想要查看的照片上,就生成较大的图片预览形式,非常方便。

放大照片浏览

双击后,照片就会在图片收藏夹中打开。与Windows XP中的"图片和传真查看器"区别并不太大,但"开始幻灯片"按钮的位置显示在中间,设计也采用了Aero式的半透明窗口。

放大

上一个图像　下一个图像　删除

开始幻灯片

还可以"修复"照片

在图片收藏夹里,还可以对照片进行修复、剪裁、简单调整颜色和亮度、修正红眼等操作。

Windows Vista支持DVD-R刻录

Windows Vista大大强化了图片、动画等娱乐功能,如以"Windows图片收藏夹"取代了Windows XP系统中的"图片和传真查看器"。在"Windows图片收藏夹"中不仅能够放大照片,还可以进行简单的曝光、颜色、剪裁等调整。

在"Windows图片收藏夹"中也可以按文件夹显示照片,还可以使用名为tag的标签分类整理照片。如果没有RAW格式的文件,而且都是JPEG格式的照片,"Windows图片收藏夹"完全可以作为一个加工整理照片的软件使用。

另外,在Windows XP系统中,刻录DVD-R时需要使用刻录软件;但在Windows Vista系统中可以直接刻录,而不使用刻录软件。

Windows Vista的"Windows图片收藏夹"添加了界面设计半透明等效果,操作性也比Windows XP的图片和传真查看器更人性化、更方便。

管理照片的其他新功能

色彩管理

颜色管理

控制面板中新增了"色彩管理"选项。在Windows XP中不够完善的个人信息的色彩管理功能在Windows Vista中更加完善了。

识别存储卡或相机后

自动播放

与Windows XP相同,识别出后弹出"自动播放"窗口。在Windows Vista中可以在控制面板中详细设定播放形式。

全新的窗口设计

Vista下一部分名称发生了变化,"我的文档"中的"我的"被去掉,文件夹的窗口叫做Explorer。另外,没有工具栏,取而代之的是"命令行窗口"。

地址栏 文件夹成阶层式表示,可轻松移动到中间的各个文件夹

命令行窗口 代替原来的菜单和任务

导航栏 显示经常使用的文件夹

详细显示 显示照片的详细信息

菜单栏 一般处于隐藏状态,按Alt键后会显示出来

显示文件夹 单击"文件夹"选项后,会显示各个文件夹

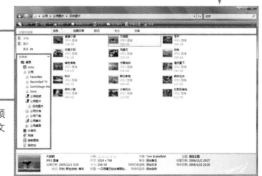

Windows XP系统中"图片收藏"文件夹内的"幻灯片"显示方式没有了,取而代之的是相当于"缩略图"显示方式的"大图标",也可作各种更改(图示为"并列表示"显示方式)。

媒体中心

在Windows Vista中,这是除了"Windows图片收藏夹"外的另一个新的娱乐媒体功能,可以用于播放电视节目、电影、音乐等;并能够在播放CD的同时,以幻灯片形式浏览照片;而且带有遥控器,实现了遥控操作。

POINT

Vista的便利功能

1. 使用"Windows图片收藏夹"可显示和修整照片。
2. 新的"媒体中心"便于欣赏照片、动画、音乐。
3. 刻录DVD-R不需要专门软件。
4. 识别出存储卡或相机后,会弹出"自动播放"窗口。

Q A

软件的选择

选择什么样的软件才能更好地管理照片？

有很多种，可根据自己的需要选择

有管理照片、修复加工照片等功能的软件

照相机和打印机一般也附带软件

数码单反相机附带的软件也比较专业

打印机带有便于打印的软件

EPP（Easy Photo Print）

打印机一定会随机附带软件，一般来说都是比较简单容易的打印软件。但也有像佳能这样，附带与照相机附带的DPP连用，使RAW数据也能直接打印的较高级软件。

ZoomBrowser-EX

DPP（Digital Photo Professional）

比如，EOS 450D的附带CD中，就有能够对照片进行各种处理的软件，包括可以整理、浏览照片的Zoom Browser-EX、能够直接将RAW数据进行成像的DPP等。
普通数码相机中一般也带有"照片管理软件"。

知道"免费软件"吗？

Vector

网上也有一些可以免费下载使用的软件如Vector。虽然免费软件的功能比较单一，但各种功能的软件很多。可以试着在网上搜索寻找。

附带软件的功能也很强大

　　利用Windows虽然能在一定程度上管理照片，但功能十分有限，如果需要更强功能，就需要购买相应软件了。

　　与数码相机的使用相关软件包括可以边浏览照片边进行管理和打印的"图像管理软件"、对照片进行修改加工的编辑软件、专门进行RAW成像的软件等。

　　现在一般的面向数码相机的软件都以"图像管理"功能为核心，并带有一些简单的加工、制作相册等功能；也有只能浏览照片的软件，但发展趋势是支持RAW格式的文件。

　　另外，通常相机和打印机都随机带有图像管理软件，有的软件还是市场上软件的简易版。先使用这些软件，如果觉得功能有限，再买其他软件。

方便实用的数码照片管理软件

用于加工和修改数码照片的软件

Corel Paint Shop Pro

http://www.corel.com.cn

可轻松加工、裁剪照片，还有绘图、制图功能。甚至带有Adobe Photoshop Elements都没有的tone curve（色调曲线）功能，文件夹数量也很多。

Adobe Photoshop Elements 6.0

http://www.adobe.com.cn

Photoshop是用于处理照片的经典软件，为满足用户的需求，一直以来都在不断改进各种功能和可操作性，在图像整理和RAW数据阅览方面的功能十分强大。

便于整理和浏览照片的软件

ACDSee10

http://cn.acdsee.com

不仅可用于管理照片，还可用于一次更改图像大小、名称等，并能够浏览RAW格式，价格也不贵。

iView Media Pro 3

http://www.iview-mutlimedia. com

iView是一款在Mac Os和Windows都能使用的软件。只需将包含照片的文件夹拖曳到软件界面，就可以迅速查看照片。另外除了图像之外，还支持动画和音乐等100种以上格式的文件，同时支持RAW格式的文件。

用于RAW成像的软件

SILKYPIX 3.0

http://www.SILKYPIX.com

用于处理RAW格式的照片，并且在成像过程中可以进行非常细致的调整，制作自己想要的照片。该软件可支持的相机类型也非常广。

用于还原数据的软件

Data Salvager Pro

http://www. iodata.jp

有时可能突然发生存储卡不能读、数据消失等问题。越早使用这样的还原数据软件，修复成功率就越高。

使用试用版软件

试用版软件一般有30天的试用期限。在真正购买软件之前，先到各个厂商的网站下载"试用版"也不错。

POINT

选择照片管理软件时

1 先拥有一款管理数码照片的软件。

2 相机或打印机自带的软件也很好用。

3 购买之前，试用一下"试用版"或"免费软件"也不错。

4 超过试用版的使用期限后，重新下载也不能使用。

用专业软件iView管理照片

巧用照片管理软件

Q 有什么更好的管理照片的方法？

A 使用一些专门用于处理照片、图像的『照片管理软件』

可以分类分级管理

最简单的方法就是用★来给照片分级，可以设定只显示符合条件的照片，如只显示3颗★的照片，也可以有选择地显示照片的拍摄信息。

可进行简单的照片调整

不用使用其他软件就可以进行曝光及颜色的调整，还可以旋转照片、剪裁照片、更改文件名等。

可以打开任意格式的照片，并且速度很快

以往要使用专用软件打开的RAW、PSD等特殊格式的照片，现在都可以使用iView轻松打开。另外，在iView中还可以处理动画和音乐文件。

可从缩略图中选择必要的拍摄信息进行打印，特别适合整理照片。

还可以详细设置打印中的拍摄信息

能够打印缩略图，并可详细设置要打印的照片的张数，要打印的照片的信息。当然可以只打印一张照片。

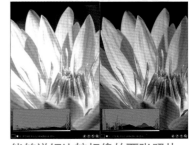

能够详细比较相像的两张照片

使用iView能够将照片放大，使两张照片充满整个显示器，而且两张照片可以同时扩大或缩小，适合确认焦点。还可以边浏览边进行评价，评价分10级。

支持多种格式的管理软件很方便

如果要浏览、整理RAW等多种格式的照片，就需要有一个专门的软件。

每个软件都有相应的整理方法和功能，如比较相似照片、分级分类等功能，如果能巧用这些功能，整理照片也会变成一件很快乐的事情。有些软件还带有简单的调整颜色、亮度的功能。

另外，带有能够插入拍摄信息、调整缩略图张数等功能的打印机也颇为方便。

POINT

照片管理软件的优点

1. 有些软件的缩略图显示速度很快，非常方便。

2. 能显示照片的拍摄信息，而且比较详细、易懂。

3. 有些软件支持RAW格式、动画、音乐等文件。

RAW格式的照片有什么特点?

每一张照片都需要用RAW成像软件手动成像,因此可以制作符合自己需求的照片

保持画质不变,制作个性照片

文件较大,对存储卡和电脑要求较高

RAW格式的文件比JPEG格式的文件要大很多,因此高速度、大容量的存储卡必不可少。电脑硬盘容量也要足够大。

格式	文件大小	1GB卡可保存的数量
JPEG	3.3MB	290张
RAW	8.3MB	116张
RAW+JPEG	11.6MB	82张

同样容量的卡,可保存的RAW格式的照片的数量JPEG格式的1/3。如果保存RAW+JPEG两种格式,可保存的数量更少。

RAW格式与JPEG格式的区别

 DSC_0001.NEF
image/nef
9,797 KB

 DSC_0001.JPG
3872 x 2592
JPEG IMAGE

优点

在相机中成像时,保持画质不变,能够手动调整色调等,并且画质基本不变。

优点

在相机中成像时,画质变化不大;同样大小的存储卡保存的照片相对多。拍摄后马上就可以查看,无需任何软件。

不足

一张卡能保存的照片的张数少;拍摄时,记录很花时间;拍摄后需要逐张手动成像。

不足

文件小,所以处理照片时,画质会变差。

现在一般的数码单反相机都可以同时记录RAW和JPEG格式,必要时可将RAW手动成像,但需要较大容量的存储卡。

可自由制作照片

能够自由更改照片的色调,并且对画质几乎没有影响,不过更改亮度是有限度的,拍摄时要注意曝光。

原始照片

更改色调后

需要专用成像软件

RAW并非普通格式,需要使用专用软件成像。不过目前很多"照片管理软件"都支持RAW格式。

数码单反相机一般附带软件,有些厂商还带有简易的专业软件,如佳能DPP。

目前可购买到支持任意品牌相机拍摄的照片的管理软件,但有可能无法支持最新款相机,如SIL-KYPIX。

花费一点时间,制作个性照片

RAW格式的文件,需要在拍摄后用专门软件打开并调整色调等,然后才能成像。在保持画质不变的情况下,可以自由调整颜色,所以能够制作出个性照片,只是需要花费一些时间。虽然支持RAW格式的软件在不断增多,但大多都只有简易的查看功能。RAW格式文件成像,必须用专用软件。由于RAW格式的使用不是很普遍,因此使用其他软件处理照片时,需要将RAW格式改为其他格式的文件。

POINT

RAW格式成像的优点和不足

① 画质可以保持不变。

② 可自由调整色调等,制作自己满意的作品。

③ 每一张照片都需要手动成像,较费时间。

Q ● 编辑照片

如何才能自由地编辑、加工数码照片？

A 使用Photoshop Elements等编辑软件就可以

使用Photoshop Elements

Photoshop Elements 6.0
有"图像编辑"和"图像整理"两种模式，可切换使用。

图像整理模式

对照片进行整理、管理、读取等。

图像编辑模式

对照片进行亮度、色彩的补偿，以及其他调整。

"编辑"并不是万能的

不是所有的照片都能够进行编辑，下面就是一些编辑效果不太好的例子，所以编辑只是对照片进行基本的、微小的调整，进而提高作品质量的一个辅助手段。

因高感光度而出现的噪点

通过编辑，有时反而使噪点更突出。

跑焦或模糊

虽然在一定程度上能够使照片变得清晰或虚化，但都有限。

白一片或黑一片

如果照片没有层次，大面积过白或过黑时无法编辑。

除了编辑图像之外，还支持RAW格式成像和整理

Photoshop是目前流行的图像编辑软件之一，Photoshop Elements是Photoshop的家庭使用版，追加了图像整理功能。有了这个功能就可以更方便地处理数码照片了。打印也方便，支持RAW成像并支持多种相机类型。

图像编辑的大部分操作可以说就是补偿"亮度"和"色彩"，初学时只要会执行"色阶"、"色相/饱和度"调整等主要操作即可。

另外，"自动色阶"、"自动对比度"、"自动颜色"等功能虽不是万能的，但在必要时使用也未尝不可。

在编辑照片时重要的是要知道自己到底想要得到一张什么样的照片，明确目的后进行具体操作就很简单了。

利用Photoshop Elements自由自在地编辑照片

可以将照片变成黑白效果或为照片添加边框

拍摄照片后可对其进行各种各样的编辑，如制作黑白、褪色、多张拼贴等效果。根据不同的想法制作不同创意的照片。

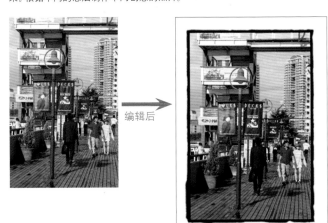

编辑后

可以调整"亮度"

照片的调整多数是针对"亮度"和"色彩"，只要不是那种大面积过白或过黑的照片，一般都能够调整，曝光不足的照片比曝光过度的照片调整范围要大。

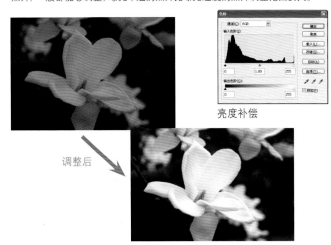

亮度补偿

调整后

可以在照片中添加文字

编辑照片时添加文字是比较重要的操作，如在照片上添加拍摄时间、题目等纪念文字，有了这些纪念性文字，照片才更有意义。

我成为一年级小学生了！

可自由更改"颜色"

一般来说，常用的操作是对整体色彩的平衡进行调整。对某一部分的颜色进行更改后，也可能会带来许多意想不到的效果。

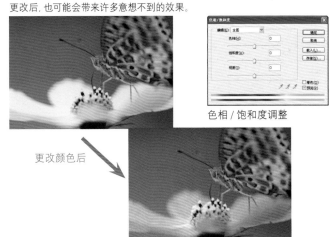

色相／饱和度调整

更改颜色后

可以扶正"歪"了的照片

有些歪着或倾斜着的照片的视觉效果可能不舒服，这些"歪"了的照片其实都可以进行调整。另外，可以去除照片上的杂物，也可随意剪裁构图。

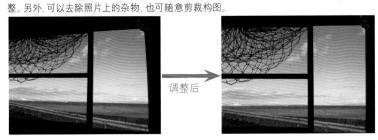

调整后

POINT

编辑照片的注意事项

1. 先从使用Elements开始。

2. Elements 也可以作为整理照片的软件使用。

3. 先从调整"色阶"、"色相/饱和度"学起。

4. 调整前先明确调整目标。

Q 编辑图像时需要注意什么？

编辑图像时的注意事项

A 不要覆盖原文件 不要调整过度，另外注意保存时

关于图像的"分辨率"

可以更改像素数

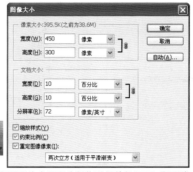

300
400

如果想在邮件中发送照片或用照片制作手机待机画面，需要缩小图像。在Photoshop中的"图像大小"对话框中勾选"重定图像像素"复选框即可。

"分辨率"是指像素的密度

3000
4000

72dpi

4000
3000

200dpi

"分辨率"是指1英寸图像中有多少像素数。在照片像素数一定的情况下，增加每英寸的像素数，图像尺寸就会变小。另外增加密度，可使打印效果更好。

编辑时的注意事项

最后应用"锐化（sharp）"

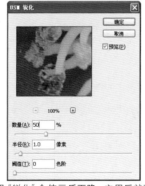

应用"锐化"会使画质下降。应用后就不能再对颜色等进行调整，而且最好在实行"锐化"前保存文件。

尽量减少补偿量

无论对图像进行怎样的调整，都会伴随有画质的降低，所以尽量少调整。特别是"饱和度"，在液晶显示器上照片一般会显得比较鲜艳，容易调整过度，需要注意。

POINT

照片后期处理的注意事项

1. 原版照片绝对不能轻易删除。
2. 尽可能最小限度地调整。
3. 不用太在意"分辨"。

分别保存原文件和调整后的文件

最重要的就是要保存原文件。只要有原文件，进行各种调整都是可能的。

另外，编辑照片时要随时查看效果，注意不要调整过度。多次反复调整将严重影响画质，应该尽量最小限度地调整。

目前数码相机的有效像素数已经相当高，"分辨率"已经是最大问题了。

保存图像的注意事项

不要覆盖原始照片

不管怎么样,都要保存好原始照片。有了原始照片,无论怎样编辑都可以。特别是开始保存时,容易不小心覆盖原始照片,需要注意。

IMG_5560.jpg　复件 IMG_5560.jpg

为了避免上述情况,开始编辑之前,可以先将照片复制,再进行加工。

注意JPEG格式图像的"压缩率"

以JPEG格式保存时,可以选择"压缩率"。想尽量保持画质时,就选择最不会对照片造成影响的"压缩率"。不过,高度压缩,便于作为邮件的附件发送。

画质最低（高压缩）

文件很小,但画质差

画质最高（低压缩）

文件很大,但画质好

图像文件形式种类

数码照片一般都会在拍摄时自动生成JPEG格式,这种格式会"压缩"照片而使画质下降。编辑后最好以TIFF或PSD格式另行保存较好。RAW格式的照片在成像后,也最好另存为TIFF或PSD格式以便以后使用。

格 式	图 标	特 征
JPEG		使用最广泛的一种格式。一般的数码相机都自动将照片生成此格式。该格式的文件小,不需要特殊软件打开,但压缩后画质下降
TIFF		能够保持画质不变,适合保存编辑后的照片使用范围比较广泛。但是文件较大
RAW	佳能RAW	每个品牌的相机都有自己独特的RAW格式,扩展名也不同,需要用专门的软件编辑　尼康RAW
PSD		Photoshop的图像格式。能够在保存的同时,保存文件中的图层。在编辑过程中和结束后自动用这种格式保存
BMP		Windows的标准图像格式,只是不支持profile,所以不要用于数码照片
PDF		本来只是用于说明书等的"电子书",由于实用性很强,现在也用于幻灯片播放等

在文件名中显示"扩展名"

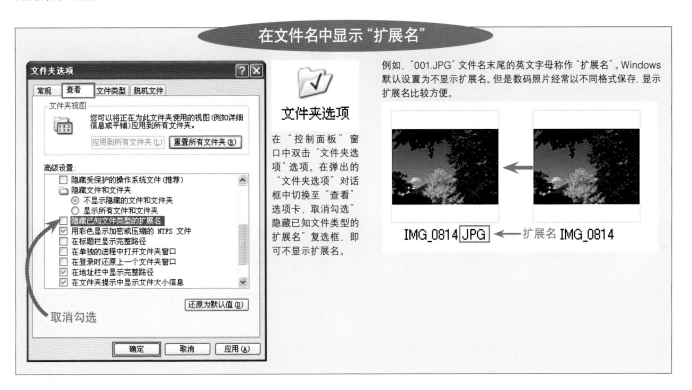

例如,"001.JPG"文件名末尾的英文字母称作"扩展名"。Windows默认设置为不显示扩展名。但是数码照片经常以不同格式保存,显示扩展名比较方便。

文件夹选项

在"控制面板"窗口中双击"文件夹选项"选项。在弹出的"文件夹选项"对话框中切换至"查看"选项卡,取消勾选"隐藏已知文件类型的扩展名"复选框,即可不显示扩展名。

取消勾选

IMG_0814 JPG ← 扩展名 IMG_0814

Q 用邮件发送照片

用邮件发送照片时需要注意什么？

A 将像素高的照片压缩后再发送比较安全

用实用性较强的JPEG格式发送照片，而且

在Windows XP 中将照片压缩后发送

一般来说，只是将照片作为附件添加到邮件中

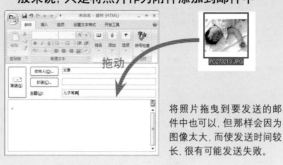

拖动

将照片拖曳到要发送的邮件中也可以，但那样会因为图像太大，而使发送时间较长，很有可能发送失败。

❶选择照片

选择想要发送的照片，从页面左侧的任务窗格中选择"以电子邮件形式发送此文件"选项。

❷启动缩小图像功能

在页面中选择"将图像全部变小"单选按钮，照片就会自动被缩小。同时选择数张照片时，也可以同时缩小。

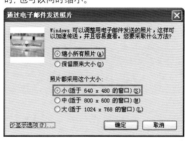

❸用Outlook发送

单击OK按钮后，就添加了缩小后的照片附件，启动邮件收发器，填写正文和题目，然后发送。

同时发送多张照片

一张一张地添加附件很麻烦，但是文件夹不能作为附件添加，这时可以使用"压缩"功能。如果文件夹中的照片是TIFF或BMP格式，还有减小数据容量的效果。JPEG格式本来就是被压缩的，所以不会再减小。

❶将想要发送的照片放到一个文件夹中，然后选择此文件夹。

❷执行"文件>发送到>压缩(zipped)文件夹"命令。

❸将压缩后的文件夹作为附件添加。

POINT

用邮件发送照片的注意事项

(1) 不要直接发送原始照片或较大文件的照片。

(2) 可以缩小之后再发送。

(3) 可以对缩小后的照片进行其他操作。

(4) 调整前先明确调整目标。

发送大照片时，要得到接收方的确认

通过邮件发送照片时，可以使用"添加附件"功能。启动Outlook，将照片拖曳到邮件中，或者执行"插入>添加附件"命令，选择照片。

如果照片太大，有时会给收件人带来不便，这时就将照片缩小后再发送。

缩小后的文件是一个新文件，执行"文件>保存添加附件"命令后，可以使用缩小后的文件进行其他操作。

了解了打印机和纸张类型等才能打印出漂亮的照片！

数码单反
打印输出篇

解说／稻叶利二

Q 打印机有许多种，按照什么标准选择？

Q 想打印出高画质的照片，最重要的是什么？

Q 使用打印机能打印多大尺寸的照片？

Q 如果不太擅长使用电脑，不用电脑能打印吗？

Q 为什么打印出的颜色和液晶显示器上的颜色不同？

Q 如果很多人一起欣赏照片，有什么便捷方法？

Q
&
A

Q **A**

选择打印机

打印机有许多种，按照什么标准选择？

如果想使用别的功能，可选多功能一体机

如果很看重画质，就选单一功能的打印机；如果

如果看重画质，就选单一功能的打印机

佳能 PIXUS Pro 9000

带有8种颜色墨水染料的专业机。打印速度快，打印大型页面也很方便。

爱普生 Colorio PX-G5100

爱普生的旗舰机有8色颜料。也有擅长于黑白的打印机，如PX-5500。

A3+ A4

优先画质的专业照片打印机可使用的纸型已经从A4发展到了大型的A3+。如果使用高画质的数码相机拍摄，再使用不输于画纸的高画质打印机打印，可以得到大画面和高画质的照片。

有三种功能且可保证画质的一体机

爱普生 Colorio PM-A970

4英寸液晶显示屏又大又漂亮，可以不通过电脑直接将存储卡内的数据保存到CD-R中。

佳能 PIXUS MP 960

虽然是一体机，但是有6种染料、1色（黑）颜料共7色墨水，很重视照片画质。作为一体机来说，机体也足够小巧。

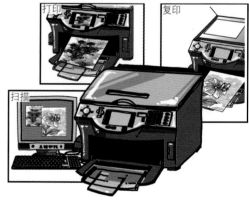

打印 复印
扫描

可使用A4纸型的一体机很受欢迎，带多种存储卡插槽和彩色液晶屏，不用电脑也可以打印。有扫描功能，可以打印投影照片或胶卷照片，功能丰富。

选购打印机的标准

如果希望能够随时打印出自己喜欢的照片，可以根据自己的需求购买打印机。

选购打印机时，高画质不再是最重要的指标，而是要考虑是否是多功能的一体机，高画质打印机是否可以使用比A4更大的纸型，因为数码相机的有效像素都很高，人们会考虑打印机的更多功能。

不需要用电脑就可以轻松打印照片的"小型机"也越来越受用户欢迎。

POINT

选择打印机

1 如果想打大的照片，就选A3+打印机。

2 各方面比较平衡，较好的是A4一体机。

3 各种打印机的画质几乎没有区别。

可在室外打印的小型打印机

Panasonic KX-PX20

打印效果接近原始照片，液晶显示屏有3.5英寸大，只用AC电源，无法携带。

爱普生 Colorio E-700

虽然是小型打印机，但可以将数据保存到CD-R中。2.5英寸液晶显示屏，可打印的最大纸型为信封大小。

hp Photosmart A716

内置4GB的硬盘，可用于演示照片、打印照片。2.5英寸液晶显示屏，可打印的最大纸型为较大的2L。

从前以"升级版"形式为主流的小型打印机，现在也有不少是喷墨式。只需插入存储卡就可打印，非常简单。很多都是使用电池的，在户外也可以使用。

购买打印机时需要注意什么？

墨盒数越多越好吗？

以前墨盒数量会明显地影响画质，而且墨盒数量多，画质会好。但是现在墨盒数量和画质的联系没那么直接了，即使只有大约6种颜色的一体机也已经可以打印较高画质了。

机体大小很重要

打印机有时出乎意料的大，需要占很大空间，特别是使用A3+纸型的打印机很宽。另外很多打印机都是在上面给纸，所以上方还需要较大空间。

需要很多打印耗材

至少需要打印用纸。图为爱普生高光泽照片纸。

打印几张A3+型的照片后，墨水就会大量减少，而墨盒数量越多成本就越高。通常墨水是从较亮的颜色开始减少，注意不要各种颜色都大量购买。

目前市场上升级型打印机的打印用纸和墨水是一起出售的。

选择颜料墨水？还是染料墨水？

颜料墨水的特征

在纸的表面会留有颜料，不会渗进去，因此不容易劣化，具有持久性。但是在纸的表面会产生许多墨水的微小凹凸，色彩和光泽感略差。

染料墨水的特征

色彩鲜艳，直接浸染到纸中，不会降低纸的光泽感。但是溶于水，而且怕光，时间久了会引起褪色，缺乏持久性。

随着技术的进步，打印时染料墨水也不再那么容易浸入纸中；而且颜料墨水的呈色状况也不断得到改善。

Q 照片打印纸的选择

想打印出高画质的照片，最重要的是什么？

A 使用照片纸，另外设置好打印机也很重要

想打印出好照片就用照片纸

用纸的种类

爱普生的打印纸名（佳能的打印纸名）	特征
爱普生照片纸（光泽）	能打印出最漂亮的照片，光泽感强、质感好。但价格高，而且用墨量大
爱普生照片纸（亚光纸）（佳能照片纸·亚光纸）	有高贵的绢般质感的纸张，比光泽纸更不容易受损
图片纸（高密度纸）	抑制光泽、相对较厚。打印后的照片颇有艺术感，适合打印画面比较安静优美的照片
高质纸（高品位专用纸）	抑制光泽、比较薄、纯白色、价格低。适合打印大量缩略图时使用
普通纸	一般复印纸。虽然不太适合打印照片，但一部分提高了亮白度的纸张适合打印缩略图

纸张的光泽感会影响照片的感觉

光面纸

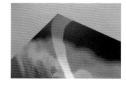

亚光纸

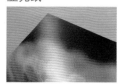

一般来说，照片纸可分为两大类：光面纸和像卡片纸那样的非光面纸。另外，还有绢纸那样的亚光纸。

使用优质照片纸

如果对选择什么样的纸犹豫不决，那么就选优质照片纸。特别是使用颜料墨水时，有些纸效果不好，需要格外注意，有一些纸还分等级。

想打印成什么风格的照片也很重要

打印创意照片

现在市面上有挂历、海报、CD标签、相册等各种打印纸。巧用打印纸，可以制作独特的创意作品，享受照片的乐趣。

打印有助于整理照片

将照片用缩略图显示，有助于整体把握全部照片，适合整理。此时用普通纸或高级纸打印都行。

用"照片纸"打印

打印照片时有没有"边"效果是很不同的，打印纸和照片的长宽不一致时，会出现多余的"边"部分。打印作品时最好使用专用的"照片纸"。

仔细确认纸张的种类、方向和大小

要想打印出好的作品，最重要的就是"纸的选择"和"设置"。一般来说，选择"照片纸"为上策，但要注意亮面纸的表面容易划伤，而绢纸不太容易受损。另外，抑制光泽的卡片纸适合打印画面比较安静优美的照片。不要拘泥于一种纸，多尝试各种纸，会有更多意外惊喜。

打印时如果设置错了，即使用合适的纸也打印不出满意的效果。一定要仔细检查纸的种类、大小、方向。每次关闭软件或拔掉电源后，都会自动恢复为默认设置：A4、"普通纸"、"竖向"，所以每次打印时都必须仔细确认各选项。

目前的打印机打印出的照片的画质已经很好，照片都可以存放很长时间。

打印设置也很重要

打印时一定要确认"打印设置"

不管什么软件，都会有"打印"命令。不过执行该命令后，默认的纸张大小为A4，默认的方向为"纵向"。

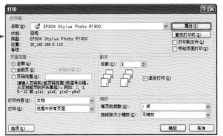

一般在"打印"对话框中会有"页面范围"和"属性"等选项，可进行各种设置。

打印设置界面

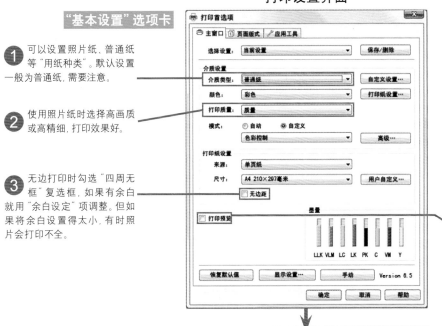

"基本设置"选项卡

1 可以设置照片纸、普通纸等"用纸种类"。默认设置一般为普通纸，需要注意。

2 使用照片纸时选择高画质或高精细，打印效果好。

3 无边打印时勾选"四周无框"复选框，如果有余白就用"余白设定"项调整。但如果将余白设置得太小，有时照片会印不全。

左边是爱普生打印机的打印设置，佳能的也基本一样，只不过有些选项的位置不同。爱普生的一些老型机也会有些不同，但大体上都相同。通过设置"彩色"、"颜色补偿"等可略微调整颜色的鲜艳度。

打印预览
勾选此复选框后，可以在打印前预览画面，养成预览打印效果的习惯可避免很多不必要的失败。

"页面设置"选项卡

4 切换至"页面设置"选项卡。

5 确认纸张的方向。默认设置为"纵"，打印横向照片时尤其要注意。

6 设置纸张大小。默认设置为A4，多张打印时，还要设定份数。

7 单击"确定"按钮结束设置。接着单击"打印"或"确定"按钮，开始打印。

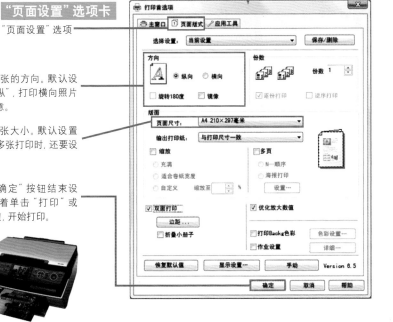

POINT

打印时的注意事项

1 重要的是纸张的种类、方向、大小要设置准确。

2 注意不要在"普通纸"的状态下直接打印。

3 装纸时注意不要装错。

● 打印机的规格

Q 使用打印机能打印多大尺寸的照片？

A 当然还有可打印更大尺寸照片的打印机

家庭使用的喷墨打印机最大可打印A3+大小的照片，

打印更大的照片

打印大小与分辨率

打印1000万像素的图像时，喷墨式需要最低200dpi的，而且纸张大小为A3+。如果设置纸张大小为A4分辨率就是300dpi，可以打印得更精细。

32.8cm
21.9cm
32.9cm
300dpi
200dpi
49.2cm

各种规格的纸张

打印用纸至少有两种规格才方便。这里的例子是竖向稍微短一点的A4，可以想象一下比它大2倍以上的A3+有多大。

纸 张	规 格
L	8.9cm×12.7cm
信封大小	10.0cm×14.8cm
2L	12.7cm×17.8cm
B5	18.2cm×25.7cm
A4	21.0cm×29.7cm
A3	29.7cm×42.0cm
A3+	32.9cm×48.3cm

可放大到海报大小

将1000万像素的照片拿到专业打印店就可以打出A2大小的照片。乍一看可能觉得分辨率较低，但稍微离远一点看就好了。

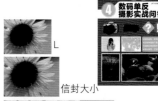

L
信封大小
A4
A3

为经典作品镶上相框

好的作品可用相框裱起来作为装饰画。

保存打印的照片

喷墨式打印机打出的照片不可避免地都会退色，阳光照射后纸会变黄、受损，尽量放到相册内保存。

POINT

打印规格

1. 家庭用打印机最大可以打印A3+大小的照片。
2. 日常使用的话，有两种规格的打印纸张比较方便。
3. 600万像素的照片最大可以打印A4大小的照片。

数码单反相机拍摄的照片足够清楚

以前相机的有效像素少，要考虑分辨率和打印规格。但现在只要是1000万像素的照片，用家庭喷墨式打印机也可以打印多种规格的照片。

现在的数码单反相机拍摄的照片足够清楚，可以打印A3+大小的照片，比A3+小的规格就更可以了，甚至可以打印A2大小的照片。

600万像素的照片一般最大可以打印A4大小的照片。

不用电脑轻松打印数码照片

● 无电脑打印

Q 如果不太擅长使用电脑，不用电脑能打印吗？

A 可以直接用打印机打印或到专门的打印店打印

2 用照相机的各个按钮进行打印设置。从相机的监视屏上确认照片和打印设置，再按"打印"键开始打印。

1 用USB接线连接相机和打印机后，再打开相机电源。

如果支持pictBridge，只需连接照相机就可打印

将贴有这个标签的相机和打印机用USB接线连接后就可直接打印。

2 如果使用小型打印机，只需通过显示屏确认要打印的照片，然后开始打印即可。如果使用一体机，还需要具体设置纸张种类、无框/有框等。

1 将存储卡插入打印机插槽内，打印机会自动读取卡内信息。

将存储卡插入打印机后进行打印

若是带有插卡槽和液晶显示屏的打印机，可将存储卡从相机内拔出后安装到打印机内。从液晶显示屏上查看照片，然后打印。

打印机也可自动调整

现在很多打印机都能够自动将照片中因逆光而变暗的人像面部调亮，有的还可以手动进行亮度等细微调整。

要有效利用打印店

不能因为自己有了电脑和打印机就不到打印店了。重复打印多张照片时还是到打印店比较方便。必要时可使用网络打印。

POINT

不用电脑也可以

1 很多A4打印机也支持PictBridge。

2 如果使用PictBridge，需要相机和打印机都支持PictBridge。

3 如果使用电脑打印，速度会更快，功能会更多。

了解更多打印知识

　　打印一般尺寸的照片时，很多人都不想用电脑就轻松、快速地打印。现在不用电脑可以直接打印的打印机型也不断增加，尤其适合不太熟悉电脑操作的人使用。

　　不用电脑的打印方法有两种：一是使用带有PictBridge标签的相机和打印机；二是将存储卡插入打印机直接打印。这两种方法都了解会更好。另外，很多小型打印机不需要任何设置，选择照片后按打印按钮就可以，非常方便。

照片的色泽

为什么打印出的颜色和液晶显示器上的颜色不同？

Q

A

任何时候这两种效果的颜色都不会完全一样，

注意周围的照明会缩小二者的差别

尽量在颜色变化不大的环境中操作

注意纸的白色

比较各种纸，会发现白纸有的发蓝、有的发黄。照片的白色部分直接就是纸的白色部分，使用不同的纸，效果也大不相同，注意选择合适的纸。

肉眼看到的自然界的颜色层次丰富。

用相机拍摄时，就少了些颜色，因为色再现域较窄。

不可能让颜色一直保持不变

液晶屏显示的是"光的三原色"即以RGB模式再现颜色，而打印机显示的是"色的三原色"，即以CMYK模式再现颜色。原理不同，所以效果也不可能完全一样。

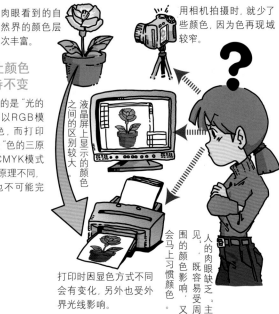

液晶屏上显示的颜色之间的区别较大。

打印时因显色方式不同会有变化，另外也受外界光线影响。

人的肉眼缺乏主见，既容易受周围的颜色影响，又会马上习惯颜色。

维护好打印机

很多时候可能都不会注意到掉到打印机中的细小的灰尘，而这些其实会影响照片效果。要对打印机做好维护，使用清洗堵塞喷油嘴杂物的"清洗墨头"和消除打印时产生错位的"调整间隙"功能即可。

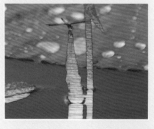

可以从打印机设置中选择"使用程序"，比较多发的问题就是喷头堵塞，所以很多时候只要"清洗墨头"就足够。

注意周围光源

室内照明、从窗户射进来的太阳光，这些都会对颜色有影响，并且时间段不同还会影响颜色，所以尽量在比较稳定的环境中操作。

使用荧光灯照明时，将其变为高演色AAA种灯就好了。

灯光的颜色为黄色且较深时

墙壁的颜色也会影响

室外光线不要直射显示器屏幕

POINT

颜色不符时

① 注意调节周围照明环境。

② 试着更换软件。

③ 液晶屏的性能也很重要。

④ 最后的方法就是使用校准工具。

可以使用校准工具

软件的设置不正确也会导致颜色有差别。如果进行正确设置后颜色还没有改善，就更换软件，有时可能会改善效果。

显示照片的液晶显示器也很重要，显示器的液晶屏太亮、太鲜艳、色差太强就会导致设置不准，一定要用质量较好的液晶显示器。

现在市场上校准工具的价格也降低了，但能够进行色彩匹配的校准工具还较贵，必要时也可以考虑购买校准工具。

选择能够如实再现照片的液晶显示器

光泽很好的液晶屏不适合显示照片 半光泽

表面像玻璃一样光滑的液晶屏看上去虽然很好,但反射严重,如果长时间用来看照片,眼睛十分容易疲劳。尽量使用反射少的半光泽(非Glare屏)液晶屏。

半光泽

光泽

尽可能使用较好的液晶屏

市面上的一些液晶主要用于动画或显现文字,不适合显示照片。所以即使价格稍微高了点,也最好使用专门用于静止图像的液晶显示器。以后估计宽屏液晶显示器将成主流,而最近一些大屏幕液晶显示器的价格也下降了不少。

NANAO ColorEdge CE240W
24.1英寸大画面,支持校准工具,每一台都经过颜色调整后才出厂。

支持adobeRGB的液晶显示器

一直以来,一般的液晶显示器都只支持sRGB,支持adobe-RGB的液晶显示器的价格特别高。而XL20是支持adobeRGB并且价格低廉的一款,同时自带校准工具(Huey)。

日本SAMSUNG
SyncMaster XL20

防反射的液晶屏罩

用于CE240W的防反射罩

推荐使用防反射罩,尤其在防止荧光灯等的反射方面效果颇佳。此类产品比较少,所以自己制作也未尝不可,注意尽量多遮住一些。

液晶屏的色温

买了液晶显示器后,可能很多人不会进行设置,就开始使用了。其实出厂时往往是色温最高的状态,看上去发蓝,应先将色温调整到6500K以下。

最后的方法——校准工具

校准工具

液晶显示器测定器的入门机型。根据周围的光线,自动将液晶屏调整到易看状态。

Eye-OneDisplay

液晶显示器校准的经典机型。带有色彩匹配和环境光测定功能。

Huey

想要进行相对精确的颜色管理就需要专门工具了,一般是把测定器和软件组合在一起使用。虽然能够进行色彩匹配的还较贵,但最近用于液晶显示器的已经降到可以接受的价格了。

Adobe Gamma

在电脑中装Photoshop之后,"控制面板"中就会出现"Adobe Gamma"选项。虽然只是目视调整,但具备简易的液晶屏校准功能。如果有Photoshop,不妨试一试。

照片的欣赏

如果很多人一起欣赏照片，有什么便捷方法？

用高清晰度的大屏幕显示器欣赏会有很强的现场感，冲击力大，让人感动

大屏幕可显示细微处

将照片保存到U盘中随时携带

U盘携带方便，而且不同于存储卡，只要有USB接口就可以轻松连接到电脑。

将照片制作成幻灯片并保存到DVD

可以使用专用软件将照片制作幻灯片并保存到DVD。另外，幻灯片可以在电视上播放，用大屏幕电视欣赏会有更好的效果。

尝试制作网络相册

将照片上传到网站后，可以发邀请函和朋友分享，或者发送给打印店直接在线打印照片。很多网络相册都可以免费使用，从Yahoo或各个厂商的网站上就可以查到。

高清晰电视的显示效果很有震撼力

如果有机会用大屏幕电视观看照片，一定会惊叹于极强的震撼效果。细节部分也能看得很清晰，令人感动。高清晰电视的有效像素200万像素左右，即使很小的照片也能看得很清楚。

带有存储卡插槽的电视机、DVD播放机也越来越多。有些还可以将幻灯片形式的照片刻录到DVD中。

可用于电脑的大型液晶显示器

电脑液晶显示器可用于近距离欣赏照片，20英寸以上的显示器就有好的视觉效果。
NANAO
EIZO FlexScan
S2411W

POINT

更多照片欣赏方法

① 用高清晰度的大屏幕电视欣赏照片。

② 用幻灯片播放很方便。

③ 可以将照片刻录到DVD中，还可以将相机连接到DVD机上欣赏照片。

高清晰度的电视机最适合看照片

随着高画质、高清晰度电视机的普及，用电视机欣赏照片也成了潮流。用这种方法欣赏照片的优点是可以将照片放得非常大，特别是旅途中的照片，效果会很有震撼力和现场感，好像回到了旅行时一样。另外，现在的电视机大多是液晶屏，所以也不用在意会色彩会变化。而且电脑显示器的大屏幕化也成了趋势，可能在不久的将来，用大屏幕看照片会是一件很普通的事情。

疑问查寻索引❶

疑问查寻索引 ❷

Digital Yichigan Refu Q&A
© GAKKEN 2007
First published in Japan 2007 by Gakken
Co.,Ltd., Tokyo
Chinese simplified character translation
rights arranged with Gakken Co., Ltd.

律师声明

　　北京市邦信阳律师事务所谢青律师代表中国青年出版社郑重声明：本书由日本学习研究社授权中国青年出版社独家出版发行。未经版权所有人和中国青年出版社书面许可，任何组织机构、个人不得以任何形式擅自复制、改编或传播本书全部或部分内容。凡有侵权行为，必须承担法律责任。中国青年出版社将配合版权执法机关大力打击盗印、盗版等任何形式的侵权行为。敬请广大读者协助举报，对经查实的侵权案件给予举报人重奖。

　　侵权举报电话：
全国"扫黄打非"工作小组办公室
010-65233456 65212870
http://www.shdf.gov.cn

中国青年出版社
010-59521255
E-mail: law@cypmedia.com
MSN: chen_wenshi@hotmail.com

短信防伪说明

　　本图书采用出版物短信防伪系统，读者购书后将封底标签上的涂层刮开，把密码（16 位数字）发送短信至106695881280，即刻就能辨别所购图书真伪。移动、联通、小灵通发送短信以当地资费为准，接收短信免费。

　　短信反盗版举报：编辑短信"JB，图书名称，出版社，购买地点"发送至10669588128。客服电话：010-58582300

图书在版编目（CIP）数据

数码单反摄影实战问答 / 日本学习研究社编；郝洪芳译 . –北京：中国青年出版社，2009
（我要学摄影；4）
ISBN 978-7-5006-8517-3
I. 数 ... II. ①日 ... ②郝 ... III. 数字照相机：单镜头反光照相机–摄影技术–问答
IV.TB86-44
中国版本图书馆 CIP 数据核字（2008）第 172882 号

我要学摄影4
—— 数码单反摄影实战问答

〔日〕学习研究社 编　　郝洪芳 译

■解说
福田健太郎
山冈麻子
稻叶利二

■摄影
西村春彦
福田健太郎
山冈麻子

■插图
堀口顺一朗

出版发行　　中国青年出版社
地　址：　北京市东四十二条 21 号
邮政编码：　100708
电　话：　（010）59521188 / 59521189
传　真：　（010）59521111
企　划：　中青雄狮数码传媒科技有限公司

责任编辑：　肖　辉　刘海芳　林　杉
封面设计：　于　靖

印　刷：　小森印刷（北京）有限公司
开　本：　889×1194　1/16
印　张：　6
版　次：　2009 年 6 月北京第 1 版
印　次：　2009 年 6 月第 1 次印刷
书　号：　ISBN 978-7-5006-8517-3
定　价：　48.00 元

本书如有印装质量等问题，请与本社联系
电话：（010）59521188
　　　（010）59521189
读者来信: reader@cypmedia.com
如有其他问题请访问我们的网站：
www.21books.com

"北京北大方正电子有限公司"授权本书使用如下方正字体。
封面用字包括：方正兰亭粗黑